DATE: ○○ / △△
雖然村民們以前就會主動跟我打招呼，
不過現在不只是在路上遇到的人，
連正在做農務的人都會停下手邊工作，
在我出聲之前搶先跟我打招呼，
而且還會給我很多東西，
像是他們種的農作物。
這也是我努力保護村莊
帶來的好處嗎？
Open
02
Management of
Novice Alchemist
Let's Business

Kate Starven
凱特・史塔文
艾莉絲的搭檔。
跟艾莉絲一起償還
欠珊樂莎的治療費用。
Lorea
蘿蕾雅
約克村雜貨店老闆的女兒。
在珊樂莎的店裡打工。
DATE: ○○ / △△
要讓腦筋靈活就需攝取身心兩方面的營養。
我在心裡想著這樣的藉口，
享受起短暫的三人茶會。
——我完全忘記跟艾莉絲小姐說一聲……

Management of Novice Alchemist
Let's Business
Iris Lotze
艾莉絲・洛采
採集家。被珊樂莎救回一命，
卻得扛下鉅額債務。
Sarasa Feed
珊樂莎・菲德
菜鳥鍊金術師。畢業後
收到師父送她一間位於
約克村的店當作禮物，
並在那裡開鍊金術店。

Management of Novice Alchemist
Let's Business
DATE: ○○ / △△
那一天，蘿蕾雅不知道為什麼頭上戴著
廚房用的竹筐來工作。
「珊樂莎小姐！妳看！妳覺得這個怎麼樣？」

Kadokawa Fantastic Novels
02
菜鳥鍊金術師開店營業中
Management of Novice Alchemist Let's Business
來做生意吧！
いつきみずほ
Presented by itsuki mizuho
ふーみ
Illustration by fuumi

插畫／ふーみ

Contents

Management of
Novice Alchemist Let's Business

第二章

來做生意吧！

02

Management of
Novice Alchemist Let's Business

Prologue

序幕

「呃……視野變得好好啊！」

地獄焰灰熊侵襲的好幾天後。

終於不再為全身肌肉痠痛所苦的我，決定親自走到家裡的每一個角落確認損害情況。

我半自暴自棄地說完這句話之後，基於擔心而陪我一起來的蘿蕾雅她們臉上也浮現苦笑。

可是我也很難不做出這種反應啊。

畢竟現在用不著打開後門，就可以從室內一眼看遍後院跟森林了。

而且我家現在根本沒有後門——不對，連牆壁都不見了！

連圍住後院的圍牆跟圍牆門，還有我精心栽培的藥草田都被破壞得面目全非啦！哈哈哈！

「唉……」

雖然早就知道了，但我還是忍不住為一如腦海想像的慘況發出深深嘆息。

我很心痛剛處理好的圍牆跟藥草田就這樣被弄壞，至於刻印被破壞掉的家裡牆壁則是讓我的錢包在喊痛。

不曉得修好要花多少錢……

一想到修理刻印要花多少錢買材料，就煩惱到都想真的動手摀住頭了。

「店長閣下，我們有幫忙稍微清理過，可是藥草之類的實在不知道該怎麼處理……」
「啊，沒事沒事，我不要緊，謝謝妳們幫我清理。」
聽到艾莉絲小姐安慰一臉沮喪的我，我也連忙搖搖頭，要她別放在心上。
廚房原本的情況很淒慘，到處都是散落的瓦礫。
光是幫忙把廚房清理乾淨就夠讓我高興了。
而且這裡是我家。
房子的管理跟修補都應該由我來打理。
可是，我該從哪裡開始修理才好……？是不是應該先拿什麼東西來暫時堵住牆上的大洞？
村子裡受損的不只是我家。
就算請蓋貝爾克先生來修，也不一定馬上就能來修理。
「珊樂莎小姐，我認為這是個好機會。我們來自己做廚房吧！」
蘿蕾雅忽然動作俐落地舉手，對陷入沉思的我如此提議。
「廚房？是在修理牆壁之前先修廚房的意思嗎？」
「不，我的意思是來做一個可以正常煮飯的廚房。之前廚房一直都不能煮飯不是嗎？」
畢竟廚房裡的魔導爐被拆掉，也沒有爐灶。
所以它本來只是個不能煮飯的餐廳兼廚房。

現在沒有牆壁，是很方便做大規模的工程……

「可是，我很少自己下廚……」

我平常吃飯都是簡單吃點雜貨店買的乾糧，或是去狄拉露女士的餐廳外帶回來吃。

所以沒有廚房也不是什麼問題，而且花時間煮飯，也會占用到我要用在鍊金術上的時間。

再加上外帶餐點非常便宜又好吃，自己煮飯反而會變成花了大筆金錢跟龐大時間，卻只能吃不怎麼好吃的東西。

我家不需要廚房吧……？

「可是等採集家都回來了，餐廳又會人擠人的喔。珊樂莎小姐，我記得妳不久之前才說過餐廳人太多了，要等很久吧？」

「唔……」

我無法否認。

我剛來這個村子的時候不用等也有位子坐，但發生那場侵襲之前卻不只沒地方坐，連買外帶都要等很久。

雖然避開人多的時段去買，也是不至於等太久啦，不過——

「那些因為地獄焰灰熊逃走的採集家還會回來嗎？」

我認為採集家在衡量自己的實力跟敵人的強度之後選擇不戰鬥，並不是一件應該遭受譴責的事情。

只是村子裡的人幾乎認識所有會來的採集家，所以「在危急時刻落荒而逃」的烙印會對他們有非常大的影響。

光是我跟雜貨店的達爾納先生，還有旅店的狄拉露女士拒絕跟他們交易，就會讓採集家在這裡得不到收入又沒地方住，也沒東西吃。

而且不論我們是不是真的會拒絕交易，他們也一定會覺得回來這裡很尷尬。

「店長閣下，逃走的那些人可能不會回來，但是應該會有新的採集家過來吧？」

「唔～這裡不會受到威脅之後，應該會有新一批人過來。」

這個村子的採集家會變多，本來就是因為我開店讓他們更好賺錢。

畢竟好賺錢這一點沒有變，照理說只要採集家認為這裡安全了，就會再有人過來。

「不，有些逃走的人應該也會回來吧？有不少採集家根本就不在乎其他人的眼光。」

「的確。唉！真受不了他們。村民有危險時自顧自地逃跑，能賺錢了又厚著臉皮跑回來。」

「艾莉絲，這也不能怪他們。畢竟他們是採集家，不是騎士。」

「可是，有力量保護別人卻自顧自地夾著尾巴逃跑，也太沒人性了吧。」

大口吐氣的艾莉絲小姐出言抱怨，看起來很忿忿不平。

凱特小姐把手放到艾莉絲小姐肩膀上，安撫她的情緒。

我能懂艾莉絲小姐為什麼會這麼想，只是我的想法比較偏向凱特小姐。

只有極少數人會願意捨命保護跟自己不算熟的外人。

我自己也是如果沒有跟蘿蕾雅她們很熟，再加上來的敵人強到我應付不來，就會考慮逃出村子了。

「但是那些男的明明都老大不小了，竟然還夾著尾巴逃跑！明明連店長閣下這樣的小女生都……不對，嗯，店長閣下是例外。嗯。」

艾莉絲小姐本來還語氣凶狠地表達不滿，卻在往我這裡看了一眼以後，語調冷靜不少。

「我先說清楚，我已經成年了。雖然身材是有點嬌小沒錯啦！」

「我……我當然知道！我絕對不是把妳當成小孩子看！」

她這番話說得有點支支吾吾的，還撇開視線——

「妳一定是把我當成小孩子了吧！」

要是真的沒把我當小孩子，應該就不會講出剛才那種話！

我自己也是有點介意的好不好！

我有一點點……就那麼一點點發育不良！

「先別計較這個了，珊樂莎小姐。現在還是考慮廚房怎麼辦比較重要。反正壞掉的門那附近也需要修，我們就趁這個機會做個可以煮飯的廚房吧。」

蘿蕾雅抱住我的手臂，代替艾莉絲小姐安撫我氣憤的情緒。

可是……

妳抱住我的時候傳來的柔軟觸感，反而是往我的情緒上灑油喔。

會燒起來喔。

「如果珊樂莎小姐不怎麼用廚房，就讓我來用這間廚房吧。」

「……妳來用這間廚房？」

「嗯。我可以幫妳煮午餐。畢竟只負責看店就領那麼高的薪水，我也是有點過意不去。妳不介意的話，我也可以幫妳做早餐跟晚餐。」

「這……聽起來的確滿不錯的。」

她這份對我好處多多的點子，讓我的情緒稍微緩和了下來。

我不知道蘿蕾雅煮飯好不好吃，但既然她都主動提議了，應該是很有自信……吧？

算了，只是有點不太好吃就可以不用去餐廳人擠人的話，也是輕鬆不少。

「艾莉絲小姐跟凱特小姐也比較樂意在這裡吃吧？妳們現在應該沒什麼錢吃飯對不對？」

「我……我們嗎？沒……沒有啊，我們吃得很好啊，嗯。」

「是……是啊。畢竟身體健康是採集家很重要的資本嘛。」

艾莉絲小姐跟凱特小姐雖然否認沒錢吃飯，但她們的反應明顯不太對勁。

兩人的視線不斷游移。
「真的嗎？我在床上休養的時候，妳們都吃了什麼？」
我那段期間都是在床上吃蘿蕾雅買給我的食物，沒有看到艾莉絲小姐她們吃飯的情況。
我這麼問完，艾莉絲小姐就在短暫的沉默之後支支吾吾地說：
「麵包之類的……」
「麵包？還有呢？」
「呃……」
「還有……」
她們遲遲不肯說清楚，結果被蘿蕾雅無情揭露真相。
「我沒看過妳們吃麵包以外的東西。」
「那……那個，因為我們這幾天沒有去採集嘛！嗯！」
她們兩個因為很擔心下不了床的我，基本上都待在家裡。
不只沒有去工作，也沒怎麼活動身體。
而且好像因為要還欠我的錢，有在刻意省錢……看來該幫她們一下了。
「好！我們就來弄一個可以煮飯的廚房！還有，我們每次吃飯都四個人一起吃吧！」
「呃，可是——」

艾莉絲小姐語帶困惑地想說些什麼，但我用有些強硬的語氣打斷她。

「不過！妳們要支付餐費。蘿蕾雅一次做四人份的話，應該還是比外食便宜。而且凱特小姐說得對，身體健康是採集家很重要的資本。要是妳們身體出狀況，還錢的速度也會變慢。知道了嗎？」

「我是很樂意在這裡吃，可是……」

「是啊。店長小姐不介意嗎？」

「沒關係。反正我本來就打算過一陣子要把廚房整修好。啊，蘿蕾雅妳不用付我餐費。用妳幫忙煮飯的薪水抵銷就好。」

「其實妳直接從我現在的薪水裡扣也沒關係……」

「不行。我們一開始訂的契約沒有寫到要煮飯。這部分我會分清楚。」

不可以偷渡契約裡沒寫的事情進去。

珊樂莎鍊金術店是良心事業。

其實我不介意多付煮飯的薪水給蘿蕾雅，可是感覺她不會願意收這筆錢。

「那就這麼決定了，我們吃飯就四個人一起吃！這是屋主命令！」

No 003

鍊金術大全：記載於第八集

製作難度：非常困難

一般定價：32,000,000雷亞以上

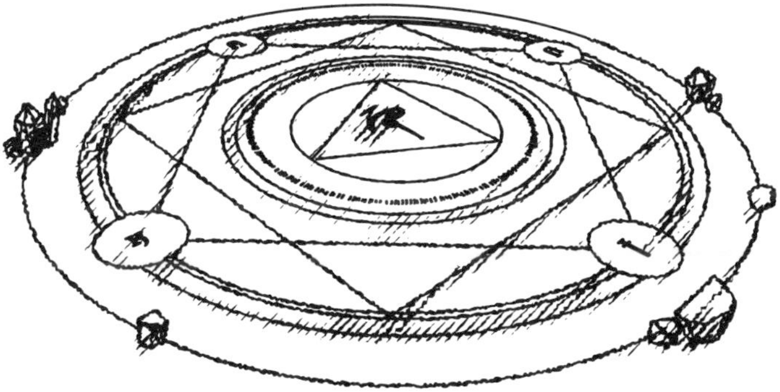

〈傳送陣〉

安裝好以後，就可以瞬間把物品傳送到任何地方。距離的隔閡已成過往。可以利用傳送陣搶先其他商業競爭對手拿下更多商機。不過，請注意傳送陣無法傳送生物。※可傳送的距離會依據使用者的魔力而有不同。

Episode 1

死而留皮（&肉）

好。

雖然我決定要先從廚房開始修理，但其實還有必須更優先處理的事情。

也就是造成這次騷動的原因——地獄焰灰熊。

我勉強在累倒前把材料摘取好之後沒多久就動彈不得了，所以還沒做後續處理。

當然，也還沒拿去換錢。

對，錢。

安德烈先生他們幾位採集家跟被摧毀家園的村民們明知道很危險，卻還是留下來保護村莊。不趕快把賣材料的錢分配給大家，我會很過意不去。

於是我來找村長討論該怎麼分配才好……結果卻得到很意外的答案。

「——咦？不需要這筆錢嗎？」

「對。妳摘下來的材料就看妳想怎麼用吧。畢竟有一半以上的熊都是妳打倒的吧？不會有人抱怨妳獨吞那些東西。不過，我們已經擅自處理掉剩下的部分了……」

「啊，沒關係，我不在意剩下的部分。」

剩下沒被我摘取的部分都是不能當鍊金材料，或沒什麼價值的部位。也就是肉跟皮之類的。

雖然也是有方法可以善加利用肉跟皮，只是當時的我沒多少時間去想這些。

「這樣啊。總之，賣掉剩下的部分就夠支付要給大家的報酬了。」

「好……」

結果當時到底來了幾隻？

記得有二十隻以上吧？

賣掉熊的肉跟皮……嗯，的確是可以賣到不錯的價錢。

可是他們有管道可以賣嗎？

「那個，真的沒問題嗎？我這邊也可以多少收購一點。」

「唔……這方面的確是有點困擾。現在所有村民都在幫忙醃漬熊肉，可是達爾納也沒什麼管道可以賣……」

村子跟外界的貿易，基本上都是雜貨店的達爾納先生一手包辦。

他會帶村子的農作物去南斯托拉格賣，再買些村子裡會用到的雜貨回來。

因為最主要都是這類食品交易，所以一樣是食品的醃肉還算好處理，但是地獄焰灰熊的皮屬於不同類別，就比較麻煩了。

不曾經手過高價商品的商人拿熊皮去賣，肯定會被趁機敲竹槓。

好像也因為他們知道一定會遇到這種情況，才會不知道該怎麼處理那些皮。

「那，皮就交給我收購吧。而且先不論村民的報酬，你們應該需要馬上支付現金給幫忙保護村莊的採集家吧？」

「可以嗎？」

「嗯，而且我有辦法加工這些皮。」

一般「皮」要先經過加工才能變成「皮革」，用鍊金術就可以達到跟一般——不對，會比經過一般加工程序的皮革狀態更好，如果願意多下點工夫，還可以附加特殊效果。就算收購價稍微高了一點，也完全不會虧本。

「那麼，雖然有點過意不去，不過還是麻煩妳了。我晚點會請人拿過去，妳看過之後再支付妳認為適當的金額就好。」

「好。」

我在村長家簡單討論完這筆生意以後，就到村子裡四處查看。

當時我很快就癱倒在床上，只有聽說，沒有親眼看過受害情況……嗯，看來村民們的房子在安德烈先生他們的努力之下，都沒有受損。

雖然租給採集家的房子受害嚴重，但那些房子屬於整個村莊共有。

到時候修理費會用村子的資金來付，而且不馬上修，也不會有立即性的困擾。

畢竟有不少採集家離開，現在沒有人要住那些房子。
臨時搭來擋住熊的圍牆已經拆掉了，不過，森林跟村子之間新蓋了一段小圍牆。
大概是經過這次事件，大家開始有點危機意識了吧？
雖然這種事情也不會經常發生啦……應該吧。
我對這座森林不熟，無法斷定不會再發生。
——就這麼散步了一陣子之後，我發現村子裡有一個相當大的變化。
「珊樂莎，這次真的很謝謝妳！」
「不會，這是大家一起努力換來的成果。」
「珊樂莎，這次幸好有妳在，我們家的人都平安無事喔！來，這個給妳！」
「謝……謝謝！」
「原來鍊金術師這麼厲害。哎呀，妳只吃這樣不夠吧。這個也拿去吃吧。」
「呃，好。謝謝……」
雖然村民們以前就會主動跟我打招呼，不過現在不只是在路上遇到的人，連正在做農務的人都會停下手邊工作，在我出聲之前搶先跟我打招呼。
而且還會給我很多東西。
像是他們種的農作物。

這也是我努力保護村莊帶來的好處嗎？

……嗯，就當作是村子的人都願意接納我吧。

這裡的風俗民情跟王都完全不一樣，有時候會讓我很困惑，但這應該不是壞事吧？

只是……我該怎麼處理兩隻手上拿滿滿的農作物才好？

「妳回來──妳怎麼會拿著這麼多農作物？」

「好，蘿蕾雅，這些就交給妳處理了！」

我連門都打不開，只能呆站在自己家前面。

蘿蕾雅看到我這副模樣瞬間目瞪口呆，而我也在跟她說明原委之後，請她幫我拿其中一半。

「原來如此。村子裡的大家都很感謝妳。而且當時有在場的人都知道，如果沒有珊樂莎小姐在，我們一定對那些熊束手無策。」

「我很高興聽到妳這麼說，但是大家這麼熱情地跟我道謝，我還是會忍不住有點害臊。」

尤其我很不習慣被這樣對待。

畢竟我一直以來都不怎麼跟人來往。

「只是我家也還不能下廚……蘿蕾雅，妳可以代替我收下這些嗎？」

「好。那，我會先在家裡煮好，再帶來這裡。畢竟這些都是大家特地送給珊樂莎小姐的。」

「謝謝妳～！我本來還很煩惱不能直接吃的東西該怎麼辦呢。」

地瓜雖然還可以用鍊金工坊的爐來烤……但心情上會不太想吃吧？

「不過，也請妳早點蓋好廚房。那樣就可以在這裡煮了。」

「知道了！」

我姿勢端正地朝著再三叮嚀我要蓋廚房的蘿蕾雅敬禮。

「只是大概要先處理熊皮才行。不然放太久會爛掉。看來接下來有得忙了。」

「處理熊皮？」

「嗯。村長好像在煩惱不知道怎麼處理地獄焰灰熊的皮，所以我請他拿來給我收購。應該差不多要拿過來了吧——」

我正在跟蘿蕾雅解釋來龍去脈的時候，安德烈先生就捧著巨大皮袋來到了我家。

「珊樂莎，恭喜妳康復了。我把熊皮帶來了。」

「辛苦你了，安德烈先生。我也是託大家的福，才總算能下床走動。」

「妳現在看起來的確滿健康的。畢竟聽說妳沒有受傷，只是我也不好意思到女生家裡，就沒有來探望妳。」

「哎呀，安德烈先生你居然這麼會顧慮別人觀感，真是人不可貌相。」

「妳可別太小看我喔，珊樂莎。畢竟我也算活很久了，還是懂這種禮貌的。」

安德烈先生豪邁地笑著回答我的調侃。

「這樣啊。你要是有想到可以請凱特小姐她們轉交慰問禮，就是個體貼又有禮貌的紳士了喔。」

「喔！這我倒是沒有想到呢！哈哈哈哈！不過，這個村子裡也沒有賣適合當慰問禮的東西吧？我也不能買個旅店的麵包當禮物吧？」

「那的確不算適合當慰問禮的禮物。雖然是很好吃啦。」

就算想買鮮花或營養食品當慰問禮，這個村子的商店也只有一間達爾納先生的雜貨店。那些東西本身就不好買到。

而且現在想要「對健康有益的營養食品」，搞不好端出來的還是地獄焰灰熊的肉。

「所以，那個皮袋裝的就是地獄焰灰熊的皮嗎？」

「是啊。不過只是一部分而已。」

說著，安德烈先生就把裝得很飽滿的皮袋放到地上。

同時也有股臭味從袋子裡傳出來，讓蘿蕾雅皺起眉頭。

「唔！味道好重。好重的腥臭味……」

「抱歉啊。因為有些人技術比較差，很難避免有臭味。」

「沒關係，除掉皮上的臭味也是鍊金術師的工作。」

「原來鍊金術師……也是滿辛苦的。」

「其實很多東西味道都滿重的。但過一陣子就會習慣了。」

礦物類材料是還好，不過鍊金術常常會用到動植物類的材料，而某些材料的臭味真的很重。甚至不戴著專用的口罩還很可能被臭到昏倒。

相較之下，這些熊皮的味道就不算什麼了。

雖然還是一樣會覺得臭。

「不過，這次妳真的幫了大忙啊。要是沒有妳在，這個村子真的就玩完了。還真沒想到會來那麼多隻。」

「村子裡的大家也是頻頻跟我道謝。」

「畢竟妳是現在當紅的討論話題啊！事情結束之後傳聞傳得很誇張喔。」

「……真的嗎？」

「對啊！真的是路上每個人都在討論妳！說妳真的很厲害，竟然能打倒那些熊。」

看安德烈先生調侃地笑道，我忍不住用手摀住額頭。

「是啊。雖然現在已經過了四天，是沒有先前誇張了。畢竟妳打倒的那些熊的確巨大到可以引起熱烈討論。」

「……那我真有點慶幸自己在床上躺了三天。」

已經沒有先前誇張，卻也還是那種狀態。

我是很高興大家會向我道謝，只是像這樣把我捧上天，還是會不太自在。

「我猜等大家謝夠了就會平靜下來了——對了，妳的店什麼時候重新開張？沒有妳的鍊藥，安全性真的差很多。」

「只有要買鍊藥的話，今天就可以了。你要來店裡買些藥嗎？」

「喔，可以嗎？」

「嗯。蘿蕾雅，可以麻煩妳嗎？」

「知道了！那，安德烈先生，請進。」

「喔，謝啦。」

我看著兩人走進店裡之後，就從後門入口把裝滿熊皮的皮袋搬進工坊。

後來走回店面，就看到安德烈先生也正好結完帳，準備離開了。

「謝謝你常常來光顧。」

「不會，我才要謝謝妳。我會順便跟其他人說妳的店重新開張了。」

「好。那就再麻煩你了。」

「「謝謝惠顧。」」

我跟蘿蕾雅目送安德烈先生走出店門，異口同聲地說出這句話。

◇
◇
◇

安德烈先生離開之後也接連有其他村民過來，最後我總共拿到了五個皮袋。

裡面總共裝著二十八張熊皮。

「剝熊皮的技術……看得出來不太一樣。」

剝得很乾淨俐落的，大概是出自獵人賈斯帕先生之手。

技術比較差的可能是村民，或是採集家？

我很意外除了在戰鬥中弄傷的地方以外，沒有半張熊皮被不小心撕壞掉。

是因為會影響收購價格，才剝得特別小心嗎？

雖然也相對留下過多脂肪，但反正這部分我可以自己處理。

「好了，要先來除臭。畢竟習慣歸習慣，還是一樣會覺得臭。」

我把二十八隻熊的皮一起塞進巨大的鍊金爐裡。

再接著多放一張。

這是這次事件的導火線，也就是第一隻地獄焰灰熊的皮。

我只有簡單處理過就先放著了，就趁這次一起弄好吧。

「加水進去～♪加藥材進去～♪再用火加熱～♪」

我把鍊金爐放到爐上加熱。

不斷攪拌過後，一開始飄散出來的惡臭也漸漸消失。

「……嗯，大概就這樣吧？」

一般要加工成皮革會很花時間，用鍊金術就可以在一天內完成。

我拿出熊皮用水清洗，確認皮的狀態。隨後開始一張張分類。

只有最一開始那隻熊的皮毫髮無傷，連頭部都完整留下。

不過，整體來說，應該算還不壞吧？

而且裡面有幾隻的頭是被我砍掉的。

「品質『優良』的有七張，『良好』的十張，剩下的算『尚可』吧？」

外觀完整，可以賣到高價的算「優良」。

修補過後可以跟「優良」一樣拿來實際運用的算「良好」。

在實際運用上會嫌品質稍差的算「尚可」。

雖然品質不一樣也是各有它的用途就是了。

畢竟不是什麼東西都要用到整隻獵物的皮。

這些只經過簡單處理的皮上面的毛等乾了以後，就會變成很柔和的觸感，也有足夠韌性當作皮革使用，要當成商品販賣也不是問題，只是難得有這些特別的皮，就很想附加一些特殊效果。

「這些皮比較適合加上火屬性……可是季節不太對。」
不久後就是天氣炎熱的季節了。
不可能會有人需要「超級溫暖的毛皮」。
但是忽視材料的特性加上別的效果，也很浪費。
「看來要先放在倉庫，等冬天再拿出來了……？啊，收起來之前先聯絡一下師父吧。」
我迅速寫下這次事件的來龍去脈，用傳送陣送去給師父。
之後，我一邊弄乾毛皮，一邊等待師父的回應。她很快就傳來了回覆。
「我看看……『現在可以馬上付最多八張皮的錢給妳。送過來』。真不愧是師父，太可靠了！」
我的現金夠我向村長用一般價格買這些皮，只是我沒有現金也不好做生意，所以我想跟師父多拉抬一點價格。
我準備好最一開始那隻熊的皮，跟品質「優良」的七張皮。再另外加上「良好」的一張，接著寫下給師父的留言。
「我想想，『請給我八張皮的現金，再用一張皮跟妳換溫溫草的種子』。」
反正她寫八張，也沒有提到限什麼品質的嘛！
呵呵呵。沒關係，這一定難不倒師父的！

而且我自己留著，也不知道品質「優良」的毛皮要賣給誰！

我邊修補毛皮邊等回應，不久之後，就看到傳送陣傳送了塞滿大量現金的皮袋跟溫溫草的種子過來，還有一張紙。

「紙上寫……『還不賴』。竟然這麼從容！」

真不愧是師父。

我還以為她多少會抱怨「不要老是送高價的東西過來」，結果她根本沒抱怨半個字！

至於現金……啊，還滿多的。

會比我預估的還要多，不知道是不是多了買溫溫草種子剩下的錢？

不過，這下我就能付錢給村長了。

「蘿蕾雅～！」

「來了～……有什麼事嗎？」

「可以幫我把這個拿給村長嗎？雖然有點重。」

我叫正在顧店的蘿蕾雅過來，把裝著買熊皮的錢的袋子遞給她。蘿蕾雅一手拿起那個袋子，並表示不成問題。

「這樣我還拿得動。那我這就出門一趟。」

「嗯，路上小心～」

我把店面的牌子改成「休息中」，揮揮手目送蘿蕾雅出門之後，又接著繼續處理毛皮。

「把剩下的毛皮再放進鍊金爐裡。抓一把溫溫草的種子，還有魔晶石……差不多這個量。也放一個火焰袋進去，眼球……放這個好浪費，還是不要好了。」

放眼球進去會讓效果變更好，只是售價也會變高，反而更難賣。

「啊，對了。眼球跟火焰袋就給師父收購吧。」

一般的眼球只要打倒地獄焰灰熊就有，不過狂襲狀態的就不一樣了。

畢竟沒有辦法人為引發狂襲，所以這種眼球是非常稀少的材料。

當然價格也很貴。

……賣不賣得掉又是另一回事了。

由於用途有限，就算放在我店裡賣，應該也不會有人買。

不對，我這裡應該連其他鍊金材料也賣不出去。

因為不會有鍊金術師來買。

其中一小部分會拿去雷奧諾拉小姐那邊賣，剩下一半以上應該要堆在倉庫裡好一段時間了吧？

要是堅持想賣掉很可能會被坑錢，而且我以後搞不好用得到。

到時候不一定能弄到這些材料，所以稀有的材料還是要存好一定的量比較保險。

「再來只要一邊灌魔力一邊攪拌……好，弄好了！」

重點在於要慢慢灌注魔力進去，不能太過著急。

等放進鍊金爐的材料全部融合在一起，只剩下毛皮，就代表已經完成了。

再來只要把這張毛皮洗乾淨，重新乾燥過後就算大功告成。

當我在清洗毛皮的時候，蘿蕾雅也回來了。

「啊，妳回來啦。有拿給村長了嗎？」

「嗯。金額好像比村長預料的多，他看起來很意外。應該說，連我都嚇了一跳。我沒想到裡面竟然會裝那麼多錢……妳要先說啊！害我一路上都用一隻手隨便抓著而已！」

裡面裝的錢的確多到不太適合給小孩子拿在手上——

「可是，如果我有說，妳反而在走到村長家的路上都會心神不寧吧？」

「……一定會。大概連一舉一動都會怪怪的。」

蘿蕾雅可能是想像了事前知道裡面裝了大筆金錢的狀況，臉色有點發青。

「對吧？我是怕妳太在意手上拿著大筆的錢，才沒跟妳說啊！」

其實只是我沒有多想什麼而已。

——嗯。下次記得請艾莉絲小姐或凱特小姐跟在旁邊護衛好了。

現在人少是還好，以後不認識的採集家一多起來，搞不好會有危險。

「真是的……」

我感覺蘿蕾雅看我的眼神好像有點冷淡，是我的錯覺吧？

「算了，沒關係——那個是之前那些熊的皮吧？」

「嗯，對。妳要看看嗎？」

我把已經乾燥好的皮遞給蘿蕾雅，而她在一摸到毛皮以後，就驚訝得睜大了眼睛。

「摸起來好舒服。也沒有臭味了……還有點溫暖？」

「這張皮有生熱的效果。冬天穿著用這個做的毛皮大衣會很暖喔。」

「真方便。可是……應該很貴吧？」

「嗯，應該是不算便宜吧？畢竟妳剛才拿著的錢，就是我收購這些皮的錢。」

「哇！而且妳還會用鍊金術加工吧……？」

蘿蕾雅可能是大概推算了這張毛皮要多少錢，馬上停下本來還在摸著毛皮的手，默默遞還給我。

「呵呵。如果是用邊角料做的手套或帽子，也不會貴到哪裡去就是了。」

「唔唔，但感覺以我的薪水還是買不起……不過，原來保暖的衣物從現在就要開始做了啊。明明接下來天氣會愈來愈熱。」

我對感到有點疑惑的蘿蕾雅露出苦笑，聳了聳肩說：

「畢竟剛好有這個機會弄到這些皮。而且就算還要很久才用得到，也會有人想提早買衣服的材料。」

毛皮大衣大約是剛進到秋天以後才會開始有人買，但製作大衣的服飾店當然會在更早的時期先把材料買好。

聽說一般會在夏天的時候採購，而比較熱門的店因為需要儲備好夠多的數量，會從春天就開始準備……只是很可惜，我沒有管道可以賣給那些店。

師父應該就會把皮賣給那些要提早準備的服飾店吧？

尤其我傳送過去的都是品質很好的皮，一般店家應該很難轉手。

「……好，這樣就好了。」

我把所有的毛皮都洗乾淨跟弄乾以後，就把同一隻熊的皮摺疊在一起。

「啊，我也來幫忙摺。」

「謝謝……等等再幫我收到倉庫裡。」

接下來會把這些皮放進專用的木箱才擺到倉庫的一角，避免它爛掉。

雖然得在秋天之前想想該怎麼把它賣掉……總之晚點再說、晚點再說。

反正我的現金還夠撐一段時間。

「那，蘿蕾雅，要不要一起來想想廚房該怎麼整修？」

「啊，好！我一直很期待想廚房的裝潢！」

蘿蕾雅實際上也跟她的語氣一樣開心，露出高興的開朗笑容。

廚房到現在都還看得到慘遭破壞的痕跡。

我最先查看的是可以清楚看到後院，還會有風吹進來的後門區域。

現在天氣還很溫暖，我一直騙自己是「可以在吃飯的時候感受到大自然」，不過等到了冬天，就完全只是一種苦行。

「門看起來很難回收再利用……」

「嗯。畢竟它壞得很徹底，變成那個樣子了。」

後院一角。

殘破不堪的門就在蘿蕾雅指著的瓦礫堆當中。

面目全非。

完完全全就是字面上的這種狀態。

「……嗯，門的部分就死心吧。再來是牆壁……說真的，虧那些熊有辦法弄壞耶。」

刻印的效果讓這座建築物的牆壁比正常狀態下堅固許多。

而且所有牆壁都是石頭材質。

原本就很堅固的石牆再經過刻印強化，足以讓一般人類拿槌子來敲都敲不壞。

「正常狀況下應該連熊都打不壞，看來這也代表狂襲狀態真的很凶猛。」

「而且牠們還用很暴力的方式闖進來。」

「……唉。牆壁就只能跟蓋貝爾克先生合力修好它了。」

因為被破壞的牆壁有刻印，不能完全交給工匠處理。

至於修理刻印需要的材料要多少錢……我一點都不想仔細去算！

「好了，我們回頭討論廚房吧。蘿蕾雅，妳希望廚房有什麼？妳想要什麼都儘管說！我會讓妳看看鍊金術師有多厲害！」

我半自暴自棄地輕拍自己的胸口，接著蘿蕾雅就像是有點被我的態度嚇到了，含蓄地說：

「啊，那個，有一般的火爐就好了……雖然我也很想用用看魔導爐。」

「魔導爐。好、好，裝這點簡單的東西難不倒我。水呢？妳想不想要可以自動取水的魔法道具？」

「有的話是很方便，可是讓妳特地做那個沒關係嗎？光是這裡有專用水井就已經夠好了。」

「畢竟我是鍊金術師，沒關係！而且我本來就打算過一陣子要做來用了。」

反正都要弄了，我就一口氣把這裡的環境弄得超級方便吧！

「啊，那——就麻煩妳了。」

「其他的……那妳要烤爐嗎？可以輕輕鬆鬆就烤好麵包喔。」

「可……可以嗎？烤爐很貴耶！」

「沒問題！就包在大姊姊我身上吧！我可以自己做個魔導烤爐！哈哈哈！」

我仰著身子對著驚訝到目瞪口呆的蘿蕾雅大笑。

一般家庭不會有烤爐。

先不論構造跟魔導爐很像的魔導烤爐，一般烤爐——也就是麵包窯之類的窯要加熱的話，會需要耗費大量薪柴。

由於正常不會只為了烤家裡幾個人要吃的麵包就用掉大量薪柴，一般只有麵包店或旅店等會烤大量麵包的地方才有窯可以用。

又或是村子裡有個全村共用的窯，可以一次烤好大家要吃的麵包……雖然這個村子裡沒有。

也因為這樣，能夠自由使用的私有窯——也就是烤爐，是相當珍貴的東西。

只是私人烤爐一樣會基於相同理由而很少有機會用到，所以能不能好好善用它又是另一個問題了。

「還有……乾脆也來放個冷藏櫃跟冷凍櫃好了。有的話會比較方便吧？」

「的……的確是會比較方便……可是珊樂莎小姐，那樣會不會太奢侈了一點……？」

這個村子應該不只沒有半個冷凍櫃，連冷藏櫃都沒有。

因為那些東西其實滿貴的。

而且雖然有的話會很方便，但沒有也不會怎麼樣。

「蘿蕾雅，妳說想要弄一間很棒的廚房不是嗎？」

蘿蕾雅聽我這麼問，就連忙慌張揮了揮手。

「我……我是有這麼說沒錯！可是這樣就太麻煩妳了……！」

「我開玩笑的啦，妳放心。」

「我……我想也是。妳應該不至於放那麼高級的東西在廚房吧。」

我對鬆了口氣的蘿蕾雅展開追擊。

「不，我就是打算放冷藏櫃跟冷凍櫃在廚房。」

「妳真的要放嗎！」

「真的。妳不需要太放在心上，尤其這也同時是在練習鍊金術。畢竟我也算還在修行。」

「是……是嗎？那就……好？」

「嗯。別在意、別在意。」

冷藏櫃記載在鍊金術大全的第四集裡，不做出來就沒辦法進第五集，而且這個村子裡應該很難有人想下訂。

所以在自己家的廚房擺個冷藏櫃也絕對不是個壞點子。

「廚房大致上就這樣……現在要先訂材料跟修理牆壁才行。蘿蕾雅，可以麻煩妳顧店嗎？我要出門一下。」

「我知道了。路上小心。」

◇◇◇

製作魔導爐跟魔導烤爐需要用到幾片鐵板。

我跟鐵匠吉茲德先生訂好鐵板以後，再接著走去工匠蓋貝爾克先生的家。

蓋貝爾克先生乍看很頑固，感覺很難相處，不過實際交流過後，就會發現他是個大好人。

現在連我都有辦法直接打開他的家門，輕鬆向他搭話。

「你好～我來了。」

「喔，小姑娘，妳終於來了。我們走。」

「——咦？咦咦？」

不過，我還沒習慣他有點急性子的個性。

一打完招呼就聽到蓋貝爾克先生要帶我出去讓我一時反應不過來，接著蓋貝爾克先生又大力拍了我的背，像是要我加快腳步。

「不是要找我整修妳家嗎？妳是救了這個村子的最大功臣，我身為這個村子工匠的自尊心可不允許我不去把妳家修好。只是妳之前不能下床，我也沒辦法急著趕去修！」

「那個，你今天沒有安排整修其他房子嗎……？」

我今天本來只打算來談整修的時程。

「傻瓜！當然是先修妳家比較重要啊！好了，還不快點！」

「好……好的！」

我又被用力拍了一次背以後，就小跑步跟在走路精神抖擻的蓋貝爾克先生後面，前往我家。

我在他的催促之下，帶他到房子後面被破壞掉的區域。

「哈！壞得還真徹底啊！圍牆幫妳修回原樣就好嗎？」

「對。圍牆修回原樣就好。」

雖然不急著修，但是之前特地請他們做的後院圍牆——

除了可以用來保護藥草田以外，更重要的是它還能讓我不用顧慮他人眼光，直接曬洗好的衣服，所以一樣非修不可。

不過，修好房子的牆壁還是第一優先。

「圍牆部分是不急，但是房子這邊……」

能感受大自然是不錯啦，只是萬一下雨，就麻煩了。

「嗯，不只是門，連牆壁都被打壞了啊。我是不知道什麼原理，可是這間房子的牆壁比一般房子更堅固吧？」

「原來你知道嗎？」

「畢竟我也是幫忙蓋這間房子的其中一個人。」

「喔喔，原來如此。」

——仔細想想，他會知道本來就不奇怪。

蓋貝爾克先生是這個村子的工匠，再加上他也有點年紀了。

說不定在這裡找蓋貝爾克先生完全沒經手過的房子，還比較困難？

「我還記得當初聽到刻印怎麼樣之類的，就覺得麻煩死了。」

「啊……」

畢竟有刻印的話，就不能讓工匠自由發揮了。

而且形狀也會有限制，還會在建造途中夾雜好幾次鍊金術工程，急性子的人應該會覺得很煩悶焦躁。

「這次……呃……整修的時候可能會給你添麻煩……」

「我知道。工匠的工作就是完成客人的要求。要是只做自己喜歡的東西就不是工作了，那是興趣。」

「哦哦……」

太值得尊敬了。

就算是專業的，也不能因為自己認為怎麼樣比較好，就徹底否定客人的要求，只照自己的想法去做。

如果需要調整，就必須清楚講明理由，讓客人可以接受改動。

畢竟這種行業本來就是要滿足客人的需求。

我對蓋貝爾克先生投以尊敬的眼光，接著他像是覺得有點難為情，立刻撇開視線哼了一聲。

「哼。所以，小姑娘妳的時間可以配合我馬上開始動工嗎？」

「我有空。店面那邊有蘿蕾雅幫我顧，而且修好房子也很重要。」

「那我們現在就開始整修吧。一直這樣破破爛爛的，妳們應該也待得不安心吧？」

「嗯。」

我們隨即著手補牆工程。

蓋貝爾克先生堆起磚塊，抹上灰泥，期間有幾次停下來讓我處理鍊金術部分的工程——

「蓋貝爾克先生，你看起來滿熟練的耶。」

「我當工匠的時間可是妳人生的好幾倍。」

「也是。」

而且他也說蓋這間房子的時候有參與建造工程。
不過，修補刻印其實意外困難。
新蓋的房子可以自由發揮，但是修補就要配合舊有的刻印，還要很謹慎處理，以避免出現誤差。
過程中會不斷消耗精神，還有昂貴的鍊金材料。
嗚嗚，好痛。真的好痛。
不只錢包很痛。
精神上也很心痛。
老實說，我一點都不想去思考這樣總共會花多少錢。
——這段煎熬工程持續了幾小時後。牆壁終於修好了。
……嗯，其實花的時間也沒有多到用得上「終於」這個詞。
畢竟蓋貝爾克先生的技術好得沒話說，還要再加上我有用魔法幫忙。
「真可惜。如果小姑娘妳不是鍊金術師，我就收妳當徒弟了。」
「但是我不是鍊金術師的話，也沒能力像現在這樣做類似工匠的事情。畢竟這些都是學校教的。」
「手巧不巧跟學校有沒有教沒關係吧？只要教妳怎麼當工匠就好。」

「這麼說來，蓋貝爾克先生好像沒有徒弟對不對？」

「對。我們這裡一直找不到有毅力當我徒弟的傢伙。」

蓋貝爾克先生不滿地從鼻子呼出一口氣，不過他收徒弟應該會是個很嚴格的師父。

從他先前的工作態度來看，就大概猜得出來。

委託他做事是很值得信賴沒錯，但當他的徒弟應該會吃很多苦。

「總之，先不提這個了——門的部分做普通的門就好了吧？」

「對。啊，不過要麻煩你做牢固一點。畢竟前一個變成那樣了。」

蓋貝爾克先生看到我指著前一扇門的殘骸，露出了苦笑。

「門會壞成那副德性的情況要是會來個好幾次，也是挺傷腦筋的……好。後院的圍牆我也會在這幾天幫妳修好。」

「那就再麻煩你了。」

雖然他說「這幾天」，不過蓋貝爾克先生總是會超乎我的想像。

他好像在我去請他修理之前就有準備好一些材料，結果隔天他就把門跟圍牆全部修得完好如初了。

◇ ◇ ◇

「那，今天就要開始做魔導爐之類的東西了嗎？」

「嗯。雖然也要等需要用到的鐵板做好。」

「我好期待！魔導烤爐……到時候要來做什麼呢……」

一旁的艾莉絲小姐她們疑惑地看著期待烤爐的蘿蕾雅。

她們今天沒有出去工作——正確來說，是我要她們乖乖休息，才會待在家裡。

其實她們這陣子天天都會去大樹海，想要早點還清債務，可是要是她們因為拚過頭弄壞身體或受傷，就本末倒置了。

所以我就仗著自己是債權人，強制命令她們一定要安排假日。

假如今天欠我錢的是會故意欠著不還的人，我就會逼對方早點還清。不過我應該不用擔心她們會裝死不還錢。

「蘿蕾雅會做要用到烤爐的料理嗎？——不對，妳有用過烤爐嗎？」

聽到艾莉絲小姐提出的疑問，讓凱特小姐也點頭附和地說：

「的確。說到用烤爐做的料理，我自己也是除了麵包以外都不太會。」

「唔……其實我只是很嚮往用烤爐，會不會用就……對不起。」

信誓旦旦對我說會幫忙下廚的蘿蕾雅覺得有點尷尬，難為情地吐舌而笑。

「畢竟我自己完全不懂下廚，倒是不太介意……對了，我跟師父提到要做烤爐的時候，她就傳了一個東西給我。我拿一下……」

前幾天，師父用傳送陣傳了一本書過來。

只能說真不愧是師父，竟然願意大方送書這種昂貴的東西過來。

她沒有隨書附上信，但大概就是要我好好利用這本書上的知識吧。

——因為書名是《烤爐料理集錦》。

「蘿蕾雅，妳要看看這本書嗎？」

「咦！可以嗎？」

「嗯，妳可以應用這裡面的知識的話，就儘管看吧。」

「當然可以！我一定會做好吃的東西給珊樂莎小姐吃！」

「我也很期待呢。」

我把放在櫃子上的食譜拿給蘿蕾雅以後，她就高興得雙眼滿是欣喜，緊緊抱著那本書。

我現在想把心力都放在鍊金術上，所以她願意好好活用這本書，對我也有好處。

「不過，今天還是先去外面吃午餐吧。」

「也是。」

「「好。」」

不知道是不是因為開始工作領薪水，就算半獨立了，最近蘿蕾雅愈來愈常不回家吃飯，而是跟我們一起吃。

有時候會是蘿蕾雅帶東西來給我們吃，不過今天她沒有帶，我們就決定一起前往狄拉露女士的餐廳——在那之前……

「我可以先去吉茲德先生那裡一趟嗎？搞不好鐵板已經做好了。」

則是先繞了一小段路，來到吉茲德先生家……

「抱歉，現在還沒有全部做好。」

語氣有點過意不去的吉美娜女士指著做好的七八片鐵板。

聽屋裡傳出敲打聲，應該是吉茲德先生還在趕工。

「不，沒關係。那我先拿兩片回去。」

魔導爐需要兩片鐵板。

有魔導爐就可以做一般料理了，烤爐晚一點再做也不成問題。

「妳拿得動嗎？鐵板還滿重的……」

「嗯，這——」

「店長閣下，我來幫妳拿吧。」

就在我準備說「這不算什麼」的時候，艾莉絲小姐就站到我旁邊，指著上面兩片鐵板問說：

「拿這邊的就好了嗎？」

「啊，不，我現在要的尺寸是最下面那兩片。不過，我自己就拿得動了。」

鐵板重歸重，卻也不是我拿不動的重量。

「不，我現在受到妳太多照顧了。至少讓我幫點小忙，我心裡會比較過得去……而且要是被村民看到店長閣下拿著這兩片鐵板，我卻兩手空空的，大家會做何感想？」

艾莉絲小姐這番話讓除了我以外的所有人都面露苦笑。

「也對，畢竟珊樂莎小姐的體格不像拿得動鐵板……」

「雖然全村人都知道妳沒有外表上這麼嬌弱……」

「而且實際上還是全村最強的人。」

「唔……我又不是小孩子。」

不過，我也沒理由拒絕堅持想幫我拿的艾莉絲小姐。

請艾莉絲小姐幫忙拿好鐵板以後，我們就直接走去狄拉露女士的旅店兼餐廳。

說「幸好」也是有點怪，但幸好上次事件讓採集家人數變少了，讓我們可以在中午熱門時段的餐廳找到夠我們四個人坐的空位。

艾莉絲小姐把鐵板放到桌上，「呼……」地吐了一口氣。

等所有人都坐到位子上，我就對狄拉露女士說：

「狄拉露女士，給我四人份的午餐！」

「好！——哎呀，那個鐵板是要用來做什麼的？」

看著我們的狄拉露女士視線停在放在桌子正中央的鐵板，好奇詢問。

畢竟這不是平常會帶著走在路上的東西，難免會好奇。

「這個嗎？這是魔導爐的材料。我想在家裡擺個魔導爐。」

「哦，魔導爐啊。珊樂莎以後也要在家裡吃飯了嗎？」

「對，雖然會是蘿蕾雅幫忙下廚。」

「哦、哦，是蘿蕾雅幫忙下廚啊。那，妳以後應該會比較少來我們這裡了吧。」

「嗯，大概會比較少來吧。如果蘿蕾雅沒說要幫忙，我應該還會天天來，畢竟我的廚藝不怎麼樣。」

我的料理技巧還停留在開始上學之前那時，也就是我還不到十歲的時候。

所以我做的料理再怎麼樣都不可能會有多好吃。

其實我也打算慢慢學怎麼下廚……可是自學很花時間，還要經營我的店，沒多少空檔學別的技能。

「哈哈哈，妳不用覺得愧疚。以後採集家變多的話，我們這裡也會擠一堆人。不過，魔導爐啊。真教人羨慕。我也很希望我們餐廳有魔導爐，但是太貴了……」

「的確，畢竟至少要十二萬雷亞，很難下手。」

至少不是一般家庭買得起的價格。

就算可以節省柴火費用，還是很划不來。

如果是木柴很貴的城市倒還可以考慮，這種鄉下地方買就很吃虧。

「哦！十二萬就買得到了嗎？我之前聽達爾納說最便宜也要二十萬，有時候還要花上三十萬耶？」

「喔，十二萬是家用魔導爐的價格。餐廳這裡最大的鍋子有多大？」

「唔～差不多五十公分。」

營業用的鍋子果然很大。

這次要做的魔導爐大概三十公分左右，營業用差不多還要再大上兩圈。

「那應該……十五萬左右吧？」

「十五萬也算很便宜了！達爾納那邊居然要收這麼多手續費嗎？」

狄拉露女士不滿地說道，讓蘿蕾雅喊了聲「咦！」，還一臉不知所措地輪流看著我跟狄拉露女士的臉——其實並不是達爾納先生敲竹槓。

「因為他給的價錢還有包含搬運費。尤其營業用的會超過一百公斤，弄掉了又會摔壞。」

我詳細說明加價的理由，免得引發不好的誤會。

自己變成導致村民鬧翻的主因也太可怕了。

而且也會對他的女兒蘿蕾雅很過意不去。

營業用的鐵板很大，也會比一般的厚，就無法避免它變得很重。

製造上要花的時間跟勞力是跟家用的差不了多少，但是搬運會麻煩很多。

所以不是達爾納先生開的價錢太高。

「妳看這片鐵板。這是家用魔導爐的材料。妳應該知道比這個重好幾倍的話，搬運起來會很費力吧？」

「意思是妳那邊的商品沒有花錢從別的地方搬運過來，才會比較便宜嗎？」

「沒錯。不過，妳說曾考慮買魔導爐，那你們有足夠的魔力嗎？」

「有。我跟我老公的魔力加起來還有辦法用。反正也沒有其他事情會用到魔力。」

魔導爐的燃料是使用者的魔力。

需要消耗的魔力跟爐的火力成正比，所以五十公分的營業用魔導爐會消耗家用魔導爐兩倍以上的魔力。

不過營業用跟家用還有個不同的地方，在於餐廳幾乎一整天都在用。

魔力少的人會很快就用光魔力。

從這點來看，他們的魔力量應該還算不錯吧。

「十五萬啊。努力一點賺錢的話……嗯～」

「妳隨時可以來找我訂做喔～魔導爐不只方便，還很划算喔～它不需要燃料，也可以自由控制火力。再加上不會用到火，夏天就不容易弄得室內很熱。」

我試著推銷一下。

其實我沒必要特地賣魔導爐，但反正難得有（預定）願意光顧的客人嘛。

而且沒有鍊器的一般人基本上用不到魔力，要是引進魔導爐節省開銷，應該過一陣子就能回本。

雖然會花一點時間。

「唔～我是很想買啦……珊樂莎，妳有辦法讓我殺點價嗎？」

狄拉露女士雙手合十拜託我降點價，不過鍊金術師不能隨便壓低賣價……

「呃，可是打亂市場價格會讓其他同業不高興。」

「喔喔，果然有刻意維持差不多的價格啊。」

我為難地說完理由之後，艾莉絲小姐突然像是想通了什麼，這麼說道。

「畢竟每間鍊金術店賣的東西價格都差不多嘛——雖然藥的效力就有差了。」

「哈哈哈……效力就要看每個鍊金術師的技術了。價格的部分就有規定好的標準……當然不同地區也會依據材料容易取得的程度，有些微小的價差。」

我剛才說「讓同業不高興」算是很保守的說法，因為這個國家的方針是會利用各種手段，來培育出更多技術高超的鍊金術師。

鍊金術師培育學校、獎學金、賦予鍊金術師地位，都是國家採取的手段之一。

實際上，敢做出違背規定的行為，可不會只是單純「讓同業不高興」而已。

畢竟惹到的對象是國家。我就不講明會發生什麼事了。

「既然妳需要考慮到同業的觀感，就不能太強求了……那我買兩個呢？」

「咦？兩個嗎？真的要買兩個的話，我是可以幫妳打九折……」

給這點折扣還不至於太超過——

「好，我買了！我要兩個！」

「咦！真的嗎？不跟妳丈夫商量沒關係嗎？」

突然就決定要買了！

兩個就算打九折，也要二十七萬雷亞。

幾乎是一般家庭一整年的收入。

就算我現在已經是鍊金術師了，聽到這個價格還是會有點猶豫。

「沒關係！像我們這種同時是餐廳跟旅店的地方，木柴的消耗量大得很呢。木柴不只要出門買，還要花工夫處理存放的問題，再想到用魔導爐還不需要花時間劈柴，就不會覺得二十七萬有多貴了！」

原來如此，記得孤兒院也是一到冬天就會用掉很多木柴。

等年紀較大的孩子去森林收集木頭回來，大家再一起劈柴……真的很累人。

而且木柴會占空間，當初在孤兒院的時候還堆到連室內走廊都有。

雖然有些人可以需要用到才去木柴店買，就不用一次儲存太多，但是孤兒院不可能那麼勤勞地去買。

「加上之前那些熊讓我們有臨時收入。而且是妳幫我們把毛皮換成現金的吧？不多少報答妳一下怎麼好意思呢？」

「喔喔，村長已經把錢發給大家了啊。」

「我們也有收到錢。對吧？凱特。」

「是啊。村長發給我們的錢還不少。說我們表現得很好。」

她們兩個的確表現得很出色。

甚至很難想像她們會輸給地獄焰灰熊，還因此扛了一大筆負債。

雖然本來就是因為有另外兩個人礙手礙腳，才會出事啦。

「總之，現在這個村子裡的人都算有點小錢了。而且魔導爐可以用一輩子不會壞吧？」

「啊，不，也不到可以用一輩子。因為魔晶石是消耗品。雖然可以保證從早到晚天天用，能用上三十年左右，可是魔晶石壞掉還是需要換掉，或是重新買過。」

「三十年很夠用了！妳算得還真細耶，可以用三十年跟『用一輩子』沒兩樣了吧？」

因為我想要誠實面對我的客人。

畢竟信用很重要嘛。

順帶一提，交換魔晶石的工程只有鍊金術師會做，所以到時候村子裡沒有會處理的鍊金術師在的話，搞不好重新買過還比較便宜。

畢竟修理還要算上來回的搬運費用，買新的只需要單程的搬運費用。

從達爾納先生估的價格就能知道，運輸成本真的不是一筆小錢。

「其他要注意的……就是魔導爐的木框可能偶爾需要換過吧。雖然沒有弄髒就不用換，可是煮飯應該很難避免弄濕木框。不過木框部分只是普通的木頭，直接請蓋貝爾克先生弄就好。」

「哈哈哈！到時候蓋貝爾克那個老伯搞不好都死了吧！」

「呃～我猜應該會還活得很好吧？」

我記得有聽說他現在七十歲，是不能否定他到時候可能已經不在了，只是我也不能直接說「對啊」。這方面的話題不可以亂說話。

「……那個～狄拉露女士，午餐呢？我肚子餓了。」

「喔，抱歉，蘿蕾雅。我馬上拿過來。那，珊樂莎，就麻煩妳做魔導爐嘍！」

「好，謝謝惠顧！」

走回廚房的狄拉露女士就如她所言，很快就端著我們四個人的午餐回來了。

我們品嚐完「便宜又保證好吃」的午餐之後，在回程路上又去一趟吉茲德先生家加訂鐵板，才回到我家。

◇　◇　◇

魔導爐的製作方法意外簡單。

只需要用特殊墨水在兩片鐵板其中一片的表面上畫出迴路。

如果只是要做最基本的魔導爐，就照抄鍊金術大全的內容上去就好。

「製作方法本身是很簡單啦。只是很麻煩而已。」

製作過程中最困難的就是要分毫不差地畫上去，還要持續灌注一定量的魔力。

這兩件事都是鍊金術的基本技術，所以只要動手的時候小心一點，就不會失敗。

畫好迴路就要接著挖出鑲嵌魔晶石用的洞，等魔晶石固定好，再把兩片鐵板貼在一起。

單純要發熱功能的話，這樣就算完成了，不過這種狀態還沒辦法直接用。

——正確來說是可以用，可是會燙傷。

因為這樣就要直接碰觸鐵板，才能把魔力灌進魔晶石裡。不燙傷才奇怪。

剛開始加熱的時候是不會太燙，不過要調整火力跟熄火的時候會燙得要命。

所以要再多做比鐵板大兩圈的矮木箱，先在裡面鋪好隔熱效果很好的特殊黏土，才把鐵板裝進去。

裝好以後放到鍊金爐裡面處理就能讓黏土凝固，但是這種黏土隔熱效果好歸好，卻有個麻煩的性質。

它凝固起來之後，會變得非常脆弱。

光是木箱受到有一點點大的衝擊，就會讓裡面的黏土碎光光。

所以搬運的時候一定要非常小心。搬運費用很貴也是因為這一點。

最後用樹脂填滿黏土跟鐵板之間的縫隙，替鐵板做防鏽，再幫整個魔導爐添加防水加工增加耐用度，就是個可以用三十年的超級基本款魔導爐了。

魔導爐還可以再調整成給魔力較少的人用的高效率型，或是狄拉露女士訂的那種給餐飲店用的高火力型，只是在這個村子裡絕對賣不出去。

狄拉露女士應該就是第一個，也是最後一個訂魔導爐的客人了吧？

「擺在店裡賣，應該也賣不出去吧。可能連基本款都賣不掉。」

基本款的價格是十萬到十五萬雷亞。

我這裡（預定）會賣十二萬雷亞。

雖然用個十幾二十年就可以回本，也不會產生煙灰，清理起來很省事，而且也不用劈柴，可說是好處多多，但是庶民很難一次付清這麼多錢。

「我看看，加熱……可以。溫度調節……也可以。功能都沒問題！」

我灌注魔力，確認魔導爐可以正常運作以後，就滿意地點了點頭。

「再來就只剩擺好位置了……果然很重！」

它的重量超過二十公斤。

擺好以後就不會再去動它是還好，但是不用上體能強化，我實在搬不動它。

我乖乖利用體能強化把它搬到廚房，嵌進應該是以前擺著魔導爐的地方……嗯，剛剛好。

我有仔細量好尺寸再做，所以也不會晃動。

「啊，珊樂莎小姐，妳已經做好了嗎？」

「嗯。妳看。」

不知道是不是發現我在廚房裡忙，蘿蕾雅跟凱特小姐來到廚房，用覺得很稀奇的眼光看著剛裝好的魔導爐。

也對，一般人應該不曾看過魔導爐。

「至於要怎麼用……反正都要示範了，就來泡個茶吧。」
「那我馬上去準備！」
不知道蘿蕾雅是不是很高興可以用魔導爐，很快就準備好茶壺，倒入從井裡取來的水跟茶葉，接著遞給我。
「謝謝。把這個放到魔導爐中央……點火！」
不對，這種爐用的不是火，說點火好像不太對？
——算了，無所謂。反正魔力爐也是明明沒用到火，還是會說「用燒的」。
「嗯、嗯，按這裡就好了嗎？」
「嗯。這條線的左邊是最小火，右邊是最大火。要熄火的時候按這裡。魔力會被自動吸收掉，不需要太在意它。」
茶壺裡的水在我向她解釋的途中煮開，這樣就成功泡好一壺茶了。
「再來就是倒進杯子裡……來，請喝。」
壺嘴流出清澈的綠色液體。
這是這個村莊最普遍的蘇耶茶。
因為只是把附近蘇耶樹的樹葉直接丟進去而已，會有點青草味，但這樣其實也還不賴。
雖然味道有點特別，不過我不討厭它散發出的清爽香氣。

最重要的是它不用錢，所以味道再怎麼奇怪我都不介意。

「呼。我來這個村子以後才第一次喝這種茶，還不難喝嘛。」

「是啊。雖然我是比較想用專門喝茶的茶杯好好享受一下啦。」

我這麼說完，蘿蕾雅就露出有點尷尬的表情。

「對不起。我們店裡沒賣專門喝茶的茶杯……」

啊，這個杯子是跟蘿蕾雅買的。

「喔，我不是在怪雜貨店的東西不好，而且茶杯很容易破，運送起來很麻煩，再加上在這個村子裡應該也賣不出去，所以只有賣一般杯子也是無可奈何。嗯。」

王都裡家境小康的家庭，都會用玻璃或陶製的餐具。

不過那種材質很容易破，價格也偏高，在庶民之間不怎麼普遍。

當然，這種現象也會影響到商人想進什麼貨，導致沒有玻璃工坊或陶瓷工坊的城鎮幾乎不會賣這類商品。

「唔～自己做做看應該也不錯？反正這裡也有玻璃爐。」

製作錬藥瓶的玻璃爐一樣可以用來輕鬆做出茶杯。

而且破掉了還是可以丟進爐裡回收再利用，好像還算滿省錢的？

「哦，聽起來不錯耶。而且用玻璃杯裝酒，喝起來也特別好喝……雖然也要酒的品質很好。」

「用不同容器裝，味道也會不一樣嗎？」

「因為吃飯的氣氛還是會影響心情。雖然做瓷杯也是可以……」

但不知道為什麼我這裡的鍊金工坊沒有陶瓷器用的窯。

我大概猜得出原因。

魔導爐底下有個空洞，本來應該要放魔導烤爐。

魔導烤爐跟魔導爐一樣很方便，不需要燃料，溫度調整起來也很簡單。

從微溫到煮飯上用不到的高溫都不是問題，調節幅度非常廣。

——沒錯，只要設定好溫度，就可以拿來燒陶。

這個村子應該不會有人需要陶瓷類物品，所以大概是用魔導烤爐來代替吧。

「總之，哪天有心情就來做吧。蘿蕾雅要不要也做做看？」

「咦咦！可是那很難吧……」

「唔～要做會用到陶瓷轉盤的容器是有點難度，但是杯子應該不會太難？」

做玻璃會需要注意燙手，但捏出陶瓷器具外型的過程跟玩泥巴差不了多少。

我簡單說明過後，仍然有點煩惱的蘿蕾雅就猶豫地說：

「……那，珊樂莎小姐要做的時候，我可以跟妳一起做做看嗎？」

「嗯。等我有時間，我們就一起來做做看吧。」

蘿蕾雅用懇求的視線看著我說道，我也回給她一個微笑。

在一旁看著我們的凱特小姐微微舉起手。

「話說，到時候我也可以參加嗎？」

「凱特小姐也想做做看嗎？可以啊。反正原料很便宜。」

「謝謝妳！我其實一直有點好奇要怎麼做——不過，店長小姐真的很多才多藝呢。真不愧是鍊金術師。」

「畢竟我是鍊金術師嘛。鍊金執照很難拿不是沒有原因。」

「鍊金執照是真的那麼難拿嗎？我只有聽過傳聞而已。」

「難得很呢～大多人應該都知道要進培育學校很難，但是就算成功考進去了，也是成績不好就會馬上被趕出校門。」

製造玻璃、陶瓷器以及木工技巧，都是鍊金術需要用到的各種技術。

校方不要求到專精，卻不可以「完全不會」。

至少要有「該項專業的學徒」等級，才能拿到學分。

也就是說，不會的話，就等著被校方開除。

相對的，學校會提供很完善的學習環境，連我這樣的孤兒都可以在課外時間不斷練習，也不會被要求繳使用費。

可以回收再利用的玻璃是還好，其他東西一般要用應該會花上不少錢……我真的很慶幸學校這麼慷慨。

「所以最後就會培育出多才多藝的鍊金術師是嗎……哪像我們連在自己專攻的領域都會輸給妳。」

「哈哈哈……可是，要是國家花大錢培育出來，而且社會地位也很高的鍊金術師其實很廢，不也會覺得心裡不平衡嗎？」

「那我應該比較能接受鍊金術師很厲害……？——至少比無能的人受到重用好太多了。」

凱特小姐不知道是不是回想起什麼不愉快的回憶，語氣不滿地低聲抱怨。

只是，她很快又露出了笑容，彷彿剛才沒有吐露半句怨言。

「不過，魔導爐果然很方便啊。如果可以隨身攜帶，採集家要野營應該也會輕鬆很多……它沒辦法帶著走嗎？」

「呃……夠強壯應該可以？」

「……畢竟這是鐵板嘛。」

我沒有講得很肯定，而凱特小姐不知道是不是想起艾莉絲小姐搬鐵板的時候很吃力，臉上浮現苦笑。

不需要火力的話，也是可以再做得更小一點——大約是現在這個四分之一左右的大小，而且一樣可以煮熱水，或是做些簡單的料理。

不過，問題是它的價錢。

就算尺寸變成四分之一，價格也不會跟著變成四分之一。

實際上會是一樣的價格……搞不好還比大的更貴？

畢竟一樣要花費勞力在鐵板上畫迴路，甚至還因為它更小，反而更需要繃緊神經。

「而且只要摔到一下就會壞掉。再來就是……有錢也可以。如果有附加減少重量跟擴大容量效果的包包能裝著走，就不用怕摔到。」

「也是啦～」

「……店長小姐，一個人買得起那麼好的東西，就不會去當採集家了。」

凱特小姐傻眼說道，同意她這番看法的我也露出苦笑。

但我可是免費從師父那裡拿到了「那麼好的東西」喔！

「買得起魔導爐的應該還是只有狄拉露女士他們家。雖然我家在村子裡算相對有錢，可是也買不起。」

「也是啦～」

我想不到還可以怎麼回答搖了搖頭的蘿蕾雅，只能表示附和。

看來還是別把魔導爐放在店裡賣比較好。

「最近上架的『初級解毒藥』呢？村子裡有人買嗎？」

解毒藥可以在被有毒的蟲咬的時候拿來抹，也可以在食物中毒的時候拿來喝。

這種解毒藥不只方便，價格還很親民，每個家庭都應該備有一瓶。

以前在孤兒院的時候也會放一瓶以防萬一。

我當初是不曾用到啦。

那種解毒藥是給嬰兒或幼兒用的。

因為體力不夠的話，很可能連食物中毒都足以致命。

我本來覺得因為這次襲擊變得稍微有錢一點的村民可能會買，還可能會在來買過一次以後，變得比較有勇氣走進我店裡，才會擺到店裡賣……

「偶爾有人買。媽媽好像有幫忙宣傳，不過一個家庭只會買一瓶。倒是第一次來店裡的人有變多。」

「嗚嗚，謝謝妳，也麻煩妳代我向瑪麗女士道謝——不過，說得也是。這種東西不會常常需要買。」

雖然一樣有利用鍊藥瓶回收制度折價，但是一般生活中不會常常用到解毒藥。

即使能讓大家有理由來店裡，可是架上沒有其他村民們買得起的東西，就沒意義了。

「……嗯。我下次再仔細想想看吧。現在先喝點茶……啊，對了。之前在南斯托拉格買的點心應該還有剩一點。妳們兩個應該都想吃吧？」

「我……我也可以吃嗎？」

「我好久沒吃過點心了。謝謝妳，店長小姐。」

「可以啊～畢竟喝茶就是要配甜點嘛！」

要讓腦筋靈活起來，就需要攝取來自身心兩方面的營養。

我在心裡想著這樣的藉口，享受起短暫的三人茶會。

——我完全忘記跟艾莉絲小姐說一聲。

直到她開門走進房間的那一刻。

「呼～流了好多汗。店長閣下，可以借我用浴室……啊！妳們三個竟然瞞著我吃點心！我……我被排擠了嗎！」

「「啊……」」

看到艾莉絲小姐渾身發抖地手指著桌上的點心，讓我們兩個不禁發出尷尬的驚呼。

我忘記艾莉絲小姐從早上就一直在練劍，自然而然地就跟她們開起茶會了。

我連忙看往凱特小姐，就看見她彷彿是在刻意避開我的視線，把頭撇向一旁。

而她的手則是默默護著桌上的點心。

當然，艾莉絲小姐不可能沒注意到她這番舉動。

「凱……凱特，妳是故意的吧！可惡，看我把這些都吃掉！全部吃掉！」

「啊啊！」

艾莉絲小姐搶走凱特小姐護著的所有點心，大口吃進嘴裡。

「好甜！好好吃！——唔，唔唔！」

「啊，真是的，都是因為妳吃這麼快……」

凱特小姐苦笑著把茶端給噎到的艾莉絲小姐。

艾莉絲小姐連忙接過茶，一口氣喝光它。

「呼……」

「呃，妳還好嗎？」

我這麼詢問摀著胸口，並吐出一口氣的艾莉絲小姐，而她也點頭表示自己沒事。

「嗯，我沒怎麼樣。不過，店長閣下。我希望妳要開茶會的時候，也可以跟我說一聲。」

「對不起，我一開始其實也只打算泡茶而已……」

我指著魔導爐給語氣有點像在鬧彆扭的艾莉絲小姐看，接著，她就點了點頭表示體諒。

「是嗎？——喔喔，魔導爐做好了啊。那以後可以改善就好。應該說，我希望可以現在就開始改善。」

說著，艾莉絲小姐就滿面笑容地坐到凱特小姐身邊，讓我不禁露出苦笑。隨後，我就起身準備幫她泡茶。

◇　◇　◇

加訂的鐵板在幾天後到貨了。

我聽到有人在叫我，一走到店外，就看到滿身大汗的吉美娜女士。

「珊……珊樂莎小姐，辛苦了……」

「嗯，辛苦了。妳看起來好像很累耶？」

「是啊，這個還滿重的。」

裝著十六片鐵板——其中四片是營業用魔導爐的，非常大片——的貨車似乎非常重，連地面上都劃出了深深的車輪痕跡。

如果地面是石板路倒還好，但是這一帶很少石板路，而且還是村子裡不怎麼有人經過的偏僻角落，所以道路不是很平整。

「不好意思，可以麻煩妳找人幫忙搬進去嗎？呃……今天艾莉絲小姐她們在嗎？」

「她們今天去工作了。不過沒關係，我可以自己搬。妳先等我一下。」

我去工坊拿了保護雙手的手套回來，開始檢查貨車上的鐵板。
魔導烤爐的鐵板還不算太大，但營業用魔導爐的四片鐵板就非常巨大。
看來還是不要一次搬完比較好。
要是不小心沒拿好夾到手，很可能會骨折。
「那個，珊樂莎小姐……？」
「嘿！」
「——！為什麼……？堆這些鐵板上貨車的時候，我還要跟我丈夫一起一片片搬上去耶！」
魔導烤爐的十二片鐵板。
我一拿起這十二片鐵板，就讓吉美娜女士驚訝得瞪大了眼睛。
看到我這種體格的人搬這麼重的東西，她大概是不敢置信吧——
「這是魔法。而且我自己一個人搬不動的話，不就沒辦法幫鐵板加工了嗎？」
「這……是沒錯啦……只是珊樂莎小姐這麼嬌小，搬重物看起來就很奇怪……」
哈哈哈……畢竟這些鐵板隨隨便便都比我的體重還重。
在旁人眼中這個景象或許是真的有點奇怪。
「其實我不太擅長這種魔法，不過鍊金術師一定要會這種魔法。尤其鍊金術師一開始也沒有足夠的錢僱幫手。」

所以，要是一個鍊金術師不會體能強化魔法，就必須用「這種鍊器太重了我沒辦法做」如此很丟臉的理由拒絕客人。

「真厲害。要是我們這些鐵匠也會用，應該很方便……會很難學嗎？」

「是不需要消耗太多魔力，不過很難操控喔。」

因為這種魔法最重要的就是縝密的操作技巧。

這種魔法很適合鍊金術師，可是像魔術師是以追求破壞力為優先，就有很多人不會用。

順帶一提，相對比較擅長操控魔力的我會不擅長這種魔法，是出於其他原因。

單純是因為「我的肌肉量太少」。就只是這樣而已。

假設其他人只需要增強三成力氣就好，我卻需要增強六成，就必須發揮其他人兩倍的強度，以及兩倍縝密的操作。

——不對，其實我有乖乖鍛鍊身體就不會這樣了。

畢竟我一直以來都只注重學習知識，沒怎麼鍛鍊體能。

反正我已經順利畢業了，也準備一點一滴慢慢改善這種情況。

而且我也很認真地照著師父的吩咐鍛鍊劍術。

「這是最後一趟……吉美娜女士，謝謝妳。」

我在工坊跟家門口之間來回走了三趟之後，才脫掉皮手套，吐出一口氣。

「不會，我才要謝謝妳。結果還是全部給妳搬了。」
「反正兩個人一起搬在走廊上會不太方便，沒關係。」
這些鐵板寬達五十公分，拿得動的話，還是一個人搬比較方便。
「這些是要用來做狄拉露女士他們那裡的魔導爐的吧？」
「對，他們跟我訂的。」
「既然有靠魔力運作的魔導爐，那有沒有靠魔力運作的冶煉爐？因為鍛造這一行也會消耗很多燃料。」
「有啊。」
「原來有嗎？」
「是啊。」
我對訝異的吉美娜女士表示的確有這樣的東西。
實際上，我家的工坊也有小型的冶煉爐。
「用那種冶煉爐，就不需要燃料了對嗎？」
「是不需要，可是幾乎沒有鐵匠會用。」
「是嗎？不需要燃料會方便很多耶……還是因為很貴？」
「有些人會覺得魔力爐是邪門歪道，但大多數鐵匠不用的原因在於魔力，而非價格問題。」

雖然完全不需要用木炭，可是問題就在於冶煉爐需要的魔力量很大。

如果沒有特別設計成像「給魔力少的人用的魔導爐」那樣，爐產生的熱量就會跟消耗的魔力成正比。

只需要能燒開水的魔導爐，以及用來燒熔金屬的冶煉爐。需要的魔力量相差不只兩倍。

我們鍊金術師有辦法用冶煉爐，是因為魔力量比一般人多，而且尺寸比較小，再加上使用的時間也比鐵匠少。

假如要處理鍛造工作一整天，可能大多數鍊金術師的魔力量都應付不來。

其實理論上也做得出高效率的魔力爐，可是製作成本非常昂貴，一般鐵匠不可能會想買來用的。

我這麼說明過後，吉美娜女士就一臉失望地表示了解到箇中難處。

「原來如此。看來沒有我想的那麼簡單跟方便。」

「聽說有些魔力很多的鐵匠有在用……但他們算是少數派。」

我用視線詢問「吉茲德先生的魔力量應付得來嗎？」，接著吉美娜女士就搖了搖頭。

「總之，冶煉用的魔力爐真的不怎麼普遍，才會連吉美娜女士都不知道有這樣的東西。其實除了魔力爐以外，也還有一些讓鍛造工作方便一點的鍊器，不過專業的鐵匠會有些堅持，所以好像不怎麼好賣。」

「喔喔，我懂。我老公也是這樣。」

明明很輕卻有強大敲擊力道的槌子、自動風箱、可以照自己的想像改變形狀的黏土。

有些比較誇張的槌子甚至可以持續敲出超出人類極限的力道，但是鐵匠們大多不是很喜歡這些鍊器。

可能方便歸方便，他們還是有不想放棄的堅持吧。

我目送吉美娜女士拉著變輕許多的貨車離開後，馬上就開始著手打造魔導爐。

就算尺寸比較大，要做的事情基本上還是一模一樣。

「比較麻煩的反倒是會很耗體力……」

在大片鐵板上畫迴路不能像轉動紙張那樣邊轉邊畫，必須自己繞著放在桌上的鐵板，邊走邊畫上那些精細的迴路。

到了要把兩片鐵板貼起來，裝進塞滿黏土的箱子裡，還要放進鍊金爐的階段的時候，它的重量已經遠遠超過了我的體重。

而且這次還有兩個。

超級重的。

我用力拿起組裝好的魔導爐，慢慢放進鍊金爐的爐口，再輕輕讓它靠在爐的側邊。
「呼～其實我覺得板子這種東西本來就不應該放進圓底的爐裡面啊！」
如果是長得像淺一點的鍋子——不對，如果是長得像平底鍋那樣的鍊金爐，就會輕鬆很多。
但是平底鍋形狀也不方便做鍊藥，用途很有限就是了。
尤其鍊金爐是很貴的東西，本來就不可能準備不同用途的鍊金爐來用。
不過，只要順利放進鍊金爐裡面，再來的處理方式就很簡單了。
只需要消耗稍微多一點的魔力就好。
「而要把它拿出來又會更費力……咦？仔細想想……」
把鍊金爐從魔力爐上拿下來，再慢慢橫放到地上。
接著把魔導爐從裡面拉出來。
「……哇喔，太～輕鬆了。那我之前為什麼要那麼辛苦？」
等等，整個鍊金過程把鍊金爐橫著放也可以吧？
反正不是要放液體進去，開口沒有朝上也沒差。
「唔唔～～我以後做鍊器絕對要把鍊金爐橫著放。」
等等，做鍊藥的時候讓它傾斜一點好像也比較方便？
畢竟我的身高要用這個尺寸的鍊金爐會有點麻煩。

「記得有可以讓人長高的藥吧……？」

就算是鍊金術師，也不一定會知道所有的鍊器跟鍊藥。

應該說，通常只會知道自己能看見的大全集數裡記載的東西。

雖然還是會知道一些比較知名或奇怪的東西。

像是「禿頭藥」。

順帶一提，那種藥好像是在第十集裡面。

對，就是那個記載了一堆沒意義的東西的第十集。

聽說它原本是做失敗的「生髮藥」……當初用到這種藥的人會很想哭吧？

本來想長更多頭髮才在頭皮上抹藥，卻反而讓頭髮掉光光。

不過，這種「禿頭藥」其實存在很讓人意外的用途。

像是很懶得剃頭髮，或是出於宗教因素需要剃頭等想要剃光頭髮的人，就會很喜歡這種不傷皮膚，又有顯著掉髮效果的藥。

只是客群真的很小。

總之，既然都有這種藥了，那應該也會有讓人長高的藥。

但畢竟身體髮膚受之父母，我不想這麼輕易地對自己用會改變身體構造的藥。

而且我又不是有什麼需要治療的身體殘疾。

……促進健康成長的鍊藥應該還在可接受的範圍？

「啊，不對，現在先幫魔導爐做好最後的加工比較重要。」

因為要放在使用頻率很高的餐廳裡面，所以我替它加上比一般魔導爐還要更強的防鏽跟防水加工。

「背面也要抹好抹滿～我抹～」

我家的魔導爐是嵌進基座裡面的，不過狄拉露女士他們那裡要另外裝上去。

要是直接放在他們現在用的爐灶上面，會弄髒魔導爐的背面。

我需要考慮到使用者的環境，注意這些細節……

「好，弄好了。再來在明天之前把它弄乾，就大功告成了！」

有事前準備魔晶石的話，幾個小時內就可以做好一個魔導爐。

之後，我用幾乎一樣的步驟快速做好我家要用的魔導烤爐，順利結束了我當天的工作。

◇◇◇

隔天，我看準餐廳比較不忙的時段，帶著魔導爐出門交貨。

我沒有貨車，所以是把兩個魔導爐疊在一起，揹在背上。

可能是我揹著兩個重物的模樣讓人看了不太放心，艾莉絲小姐跟凱特小姐對我說：「要不要我來搬？」跟「店長小姐，妳這樣會不會被壓垮？」我告訴她們我可以自己搬，請她們直接出門忙自己的工作。

雖然兩個魔導爐加起來超過一百公斤，但我也不是拿不動。

而且目的地在同個村子裡，我知道要揹著這兩個重物走多遠。

我是有考慮借台貨車來搬，可是不小心摔到地上會壞掉，不平整的路面也很讓我不放心。

不過……我也的確覺得有點重。

萬一不小心鬆懈下來，讓體能強化的效果中斷，我一定會被魔導爐壓垮。

我在這樣的緊張情緒當中走了十幾分鐘。

途中，有好幾個村民問我：「珊樂莎！妳怎麼揹這麼重的東西？」或是「要……要不要我來幫妳？」可是隨便讓人幫忙反而危險，所以我只好用僵硬的笑容鄭重拒絕對方，也就這麼平安抵達餐廳。

「早安～狄拉露女士，我來交貨了。」

「早——是……是珊樂莎嗎？妳先把那個放在這裡吧！」

我接受連忙指向空桌子的狄拉露女士的好意，小心翼翼地把背上的魔導爐放下來。

桌子發出嘎吱聲響，原本沉重的背部瞬間變輕許多。

「呼～揹這麼重的東西過來，還真的有點累……」

我大大吐出一口氣，擦了擦身上的汗。狄拉露女士手扠著腰，露出有點傻眼的表情。

「珊樂莎，妳事先聯絡我的話，我就直接帶幾個年輕人去領貨了。畢竟妳還特地給我折扣，怎麼能老是麻煩妳呢！」

「沒關係～我都接下了客戶的訂單，當然也會負起責任送貨到府。」

尤其魔導爐很貴，要是在搬運途中弄壞了，被叫去幫忙搬的人也挺可憐的。

「那，這兩個魔導爐要放在哪裡？」

「沒關係啦，妳教我怎麼用就好了，我們可以自己擺。魔導爐只要找地方放就可以用了吧？」

狄拉露女士語氣輕鬆地對指著桌上魔導爐的我這麼說，可是……

「真的沒問題嗎？這個很重喔。應該比狄拉露女士還要重。」

「哈哈哈，那還真是重量級的大傢伙耶。」

不知道她是不是把我擔心的話語當成玩笑話了，一派輕鬆地這麼笑道。

「不，我是說真的。妳要不要拿拿看？這真的很重，小心不要閃到腰喔。」

我再三強調魔導爐很重，才讓路給狄拉露女士來搬搬看桌上的魔導爐。

她大概是覺得我都搬得過來了，自己應該也搬得動……我還是不太放心，先準備好隨時應對突發狀況吧。

「嘿……！嗯？嗯嗯？」

狄拉露女士打算一次抬起兩個魔導爐，卻是動也不動。

「很重對吧？畢竟這兩個魔導爐加起來少說也超過一百公斤。」

「什麼！原來這麼重嗎？」

「嗯。就算是狄拉露女士，應該也搬不動吧。」

「是啊……達多，你來一下！」

狄拉露女士朝著裡面大喊，接著達多利先生就從廚房裡探出頭來。

他是一手包辦這間餐廳所有美味料理的人，也是狄拉露女士的丈夫，看起來是很溫和又溫柔的人，不過他很沉默寡言，我幾乎沒跟他說過話。

「啊，沒關係。我來搬就好。」

我制止想走來幫忙搬的達多利先生，拿起其中一個魔導爐。

「咦咦？妳要搬這麼重的……也對，妳都把它搬過來了。」

「嗯，畢竟我是鍊金術師，本來就應該要會體能強化的魔法。達多利先生，我可以進廚房嗎？」

我看到達多利先生點頭同意之後，就把魔導爐搬進廚房。

「呃～要放在哪裡……」

第一次走進廚房的我不斷張望，接著達多利先生就指向廚房的最裡面。

那裡有兩個比家用型還要大的爐灶，但不知是不是現在這個時段客人比較少，已經熄火了。

我一看向達多利先生，他就點了點頭，把爐灶上的鍋子跟爐火架移開，再鋪上豎著擺在一旁的厚板子，蓋住爐灶的洞。

「抱歉要這麼麻煩妳，珊樂莎。可以把兩個魔導爐一起擺在那上面嗎？」

「好。嘿！」

畢竟需要用到大鍋子，爐灶上的空間的確足夠擺下兩個魔導爐。

我馬上把另一個也搬過來，放在第一個旁邊。

「呼～」

這樣就算完成交貨了。再來只需要確認能不能正常運作。

「辛苦了。謝謝妳。」

「我才要謝謝你們這麼捧場。那我跟你們講一下要怎麼用。」

不過，魔導爐的使用方法非常簡單。達多利先生很快就用得很熟練了，他把裝著水的鍋子放上魔導爐，不斷調節火力測試，很滿意地點了點頭。

「火力調節起來滿方便的。用木柴的話，要調整火力就很麻煩。」

「不過從『大』調成『小』會需要一段時間，因為要等鐵板冷卻下來。」

不能在看到開始燒焦的時候馬上調成小火，算是魔導爐比較麻煩的地方。

家用魔導爐遇到這種狀況只要把鍋子移開就好，可是營業用的巨大鍋子就……

「沒問題。只要在需要調小火的前一段時間先調成『小』就好了吧？反正習慣了以後總有辦法解決。對吧？達多。」

狄拉露女士這麼問完，依然不發一語的達多利先生就豪邁地點點頭。

達多利先生真的很沉默寡言。

雖然跟話多的狄拉露女士在一起，就會顯得滿剛好的。

順帶一提，用木柴當燃料的火爐要調節火力，就要添加或拿走正在燃燒的木柴。

不過這是專業店家才會需要這麼做。

一般家庭都是看到快燒焦就把鍋子移開火源，或是煮不容易受火侯影響的燉煮料理。

像孤兒院就幾乎每一餐都是一碗加了各種食材的湯，再配一個麵包而已。

湯裡的料是不少，可是那些都是孤兒自己煮的，當然不會有多好吃。

相較之下，廚藝還有一點點不熟練的蘿蕾雅除了「煮」之外，還會加上「燒烤」，所以煮出來的料理已經算很好吃了。

而且她現在會參考我前幾天給她的食譜書，廚藝還在不斷精進。

「那，珊樂莎，我們已經收到跟妳訂的貨了，這邊是該付給妳的錢。妳點一下。」
「啊，好。」
我內心泛淚地回想著當時窮酸的每一餐時，狄拉露女士把一個裝著很多硬幣的皮袋遞給我。
我收下沉甸甸的皮袋，借他們的桌子來清點金額。
訂製費用是二十七萬雷亞，硬幣數最少的情況是兩枚大金幣，跟七枚一般金幣。
不過，一般做生意不會用到大金幣，再加上這裡是平民餐廳，連金幣都會很少見。
所以桌上堆著的大多是銀幣跟小銀幣。
「——好，金額是對的。謝謝兩位的惠顧。」
「不客氣。我們也很高興可以用比較便宜的價錢買到。這下我們的工作就會輕鬆不少了。尤其劈柴真的很累……」
狄拉露女士非常感慨地說道，而早早就在她身後開始用魔導爐煮飯的達多利先生也深深點了點頭。
我不知道這個規模的餐廳一年會用到多少木柴，但隨便想也知道絕對不少。
如果那些木柴還要自己一個個劈開來……喔喔，我懂了。
狄拉露女士會這麼強壯，搞不好就是劈柴練出來的？
「魔導爐方便歸方便，但感覺除了狄拉露女士以外不會有人買也是個問題。」

「畢竟這個村子很少人買得起。不過，這次處理掉那些熊讓大家都多少有點錢了。不會太貴，又有一點方便的東西應該還賣得出去吧？」

「可能吧。我再想想看。」

我一直沒有決定好該擺什麼專賣給村民的商品。

果然還是擺點這種商品比較好吧？

但是，考慮到這個村子的經濟狀況，就覺得也需要想想一些讓大家可以從我這裡賺到現金的方法。

不然村子的現金全跑來我這裡，反而會阻礙村子的發展……

「妳之後上架了什麼好東西，記得跟我說一聲。我有閒錢就會跟妳買！」

「好。到時候再麻煩妳捧場了。」

我跟拍了一下肚子表示會捧場的狄拉露女士道別，一邊想著該怎麼讓現金流進村民手中，一邊走回店裡。

Alchemy Item Catalog

No.004

鍊金術大全：記載於第四集

製作難度：非常困難

一般定價：25,000雷亞以上

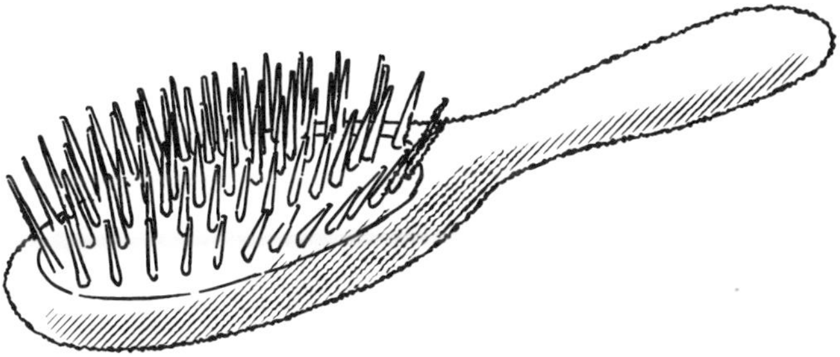

〈潤澤髮梳〉

Glftffflfk Afkufh

感覺最近頭髮沒什麼光澤，還乾巴巴的，看起來很單薄——有這種煩惱的你，一定要用用看這種梳子。只要輕輕一梳，就能讓你的頭髮得到路上所有人都會忍不住回頭看一眼的閃亮潤澤。但能不能進一步得到美豔髮絲，就得憑你的本事了。

Episode 2

Afflnfflfftfhing Efkfflfh Nºffld Gfftffif

開發新商品

「——所以，蘿蕾雅，妳有什麼好想法嗎？」

我想了半天還是想不出半點主意，最後還是決定直接向可以代表村民的蘿蕾雅尋求協助。

「專賣給村民的商品嗎？我覺得珊樂莎小姐現在做的這個就很不錯了。」

「妳說這個取水機嗎？」

我現在在做的是「讓家裡廚房更方便計畫第三彈」的鍊器，可以讓井水自動流到廚房跟浴室（順帶一提，第一第二彈是魔導爐跟烤爐）。

「是很方便啦，可是村子裡有水井的家庭不多吧？」

「……也對。在這個村子裡頂多能賣掉幾個而已。」

「而且這個其實還滿耗魔力的。」

蘿蕾雅尷尬地吐著舌頭回答，我對她露出苦笑，並提出另一個問題所在。

雖然除了我以外，在我家裡的其他三個人也能正常使用這樣的鍊器。

可是這世上也有一些人幾乎沒有半點魔力。

要是幫共用水井安裝這種鍊器，很可能會有人抱怨自己取不了水。

「雖然裝上魔晶石就可以處理這個問題，可是價格也會跟著變貴……」

「我認為只要大多數人可以用就夠了。畢竟每一家應該至少有一個人能用，只要那個人負責去取水就好了吧？」

「……哦，原來也可以這樣想啊。」

蘿蕾雅的想法似乎跟我不一樣。

雖說會消耗魔力，但大多數人的魔力都足夠用這個鍊器取出全家人一整天下來要用的水。

尤其這個村子裡會用到其他鍊器的，也只有狄拉露女士等少數幾個人。

應該很難會有魔力不夠用的情形。

真要說的話，就是沒有魔力又獨居的人會比較麻煩，但在這裡應該也不需要煩惱這個問題？

村子裡好像幾乎沒有人是一個人住，而且村民們彼此間都認識，不會很難開口請附近的人幫忙提供魔力。

「啊，等一下。如果兄弟姊妹裡面只有一個人能用怎麼辦……？要是只有其中一個人天天被叫去取水，那個人會不會恨我？」

我提出的這份隱憂，卻是換來蘿蕾雅看起來很傻眼的視線。

「妳想太多了。既然取水變得更簡單，那就只剩下搬水回家會需要耗勞力。一起去把水搬回來不就好了嗎？」

「說得……也是？」

畢竟我是獨生女。
我的看法也顯露出我很缺乏這方面的經驗。
而且我在孤兒院的時候，也是把取水之類的日常勞動交給別人處理……
說到孤兒院，不知道師父幫我把錢送過去了嗎？
我之前有拜託師父把收購價的一成分給孤兒院。
等我可以賺更多錢，我還想再多回報一點給他們。
雖然當初跟我一起待在裡面，還幫助我可以專心讀書的那些人應該大多數都離開孤兒院了，不過孤兒院本來就是前一個世代的努力不懈，會轉化成下個世代收到的捐款。
「要裝在共用水井上的話……大概就要找村長談了吧？」
負責幫公共設施出錢，應該是村長的工作吧。
不過，他好像已經把我付給他的錢分給村民了，搞不好沒那麼多閒錢。
尤其這個村子的村長也沒有特別花錢享樂。
「啊，這件事可以交給我來處理嗎？我比較了解村子的情況，會方便一點。」
「可以嗎？」
「嗯。而且我覺得這方面的事情跟艾琳小姐談會比較好。」
記得艾琳小姐是村長的女兒吧？

雖然不太懂是什麼情況，但既然蘿蕾雅都這麼說了，就讓她來幫忙吧。

「那，可以麻煩妳幫我跑一趟嗎？」

「包在我身上！我會盡我身為店員的責任，想辦法談好這筆生意！」

等取水機跟水管安裝好之後，「讓家裡廚房更方便計畫」就來到最終階段了。

第四彈跟第五彈是冷藏櫃跟冷凍櫃。

不對，應該也沒必要分成兩個？

這兩種只差在冷卻能力調節的程度，我打算做成二合一的形式。

問題在於尺寸要做多大，但都是蘿蕾雅在負責下廚——

「蘿蕾雅。妳覺得冷藏櫃跟冷凍櫃要做多大？」

「呃……我沒有用過，我也不知道要多大……」

蘿蕾雅困惑地說道。說得也是。

被問到跟陌生的東西有關的意見，也不可能回答得出來。

「總之，就是看妳想要儲存多少食物……」

不考慮任何因素的話，那當然是愈大愈方便。

去森林獵一頭野豬回來的話，冷凍櫃太小會放不下；如果還想獵熊回來，就會很想放個大到跟小房間差不多的冷凍櫃。

而且有些鍊金材料冰起來放，也比較不用急著處理……啊，不對，不可以。因為有不少鍊金材料跟食物放在一起不太妥當。

「珊樂莎小姐，從要放的地方來算需要多大就好了吧？要放在廚房裡的話，也不是想要多大就能多大。」

「喔喔，真不愧是蘿蕾雅。妳的觀點很像家庭主婦耶。」

「雖然我不是家庭主婦，但畢竟廚房是我最常用的地方。」

「也是。那，蘿蕾雅，我們馬上去量看看要多大吧！」

其實，廚房還有不少可以用的空間。

裡面只擺著桌子跟椅子，再來頂多就是裝著食材的木箱。

餐具也是洗好以後就放在桌子上，用一塊布蓋著防塵而已……或許我該訂個餐具櫃？

「考慮到還要多擺東西的話……」

需要放餐具櫃的空間，還有放冷藏櫃跟冷凍櫃的空間。

再考慮到我跟蘿蕾雅的身高……

「冷藏櫃跟冷凍櫃做成二比一的比例，高度做成跟我身高差不多，寬做成一百五十公分左右吧。怎麼樣？會不會很擋路？」

「呃……是不會妨礙到我煮飯。其他的我就不是很懂了……」

畢竟她沒用過這種鍊器。

如果用起來不順手，再重新做一個就好了。

反正能回收再利用的部分很多，不會太浪費。

冷藏櫃的功能大致上分為冷卻、隔熱跟外層框架。

前兩個是鍊金術的效果，會是我自己處理，但外框就是徹頭徹尾的木製品了。

除了用的木板會比一般厚以外，其實就跟普通櫥櫃一模一樣。

「找蓋貝爾克先生訂做就好了吧。而且他技術絕對比我好。」

我不是沒辦法自己做，只是我知道蓋貝爾克先生的技術有多高超。

我沒有自視甚高到以為自己做出來的木製品會比他做的更好。

「冷卻核的部分該怎麼辦呢？要直接用魔晶石，還是用別的東西……」

「它有很多種做法嗎？」

「嗯，是啊。雖然也不至於很多種，不過大致上可以分成兩種。因為只有一種做法的話，只要缺一種材料就做不出來了。」

像專門治療特定一種疾病的鍊藥就是這樣。

一般會優先採用最有效率的製作方法，但沒辦法保證隨時都可以弄到需要的材料；又或是發生大規模的傳染病，材料就可能會不夠用。

如果有好幾種製作方法，免於缺藥危機的機率也會變高。

當然，也因為只是代用的鍊藥，而會有成本更高，或是效果比較差之類的問題。

「這次要做的冷卻核，一般應該都是用魔晶石。缺點是魔晶石比較貴，而且比較費工。因為需要幫魔晶石加上冷卻功能。」

就像做魔導爐要畫的迴路。

做冷卻核的時候，也需要畫附加冷卻功能的迴路。

「另一種方法是利用本來就帶有冰屬性的材料。這種做法簡單很多，正常也會比魔晶石便宜。前提是要待在能弄到這種材料的地方。」

「我們村子附近弄得到嗎……？」

「嗯。這附近應該弄得到冰牙蝙蝠的牙齒……可是不曾有人帶來我這裡。所以我正在煩惱該怎麼辦。」

要是我在店門口張貼需要收購冰牙蝙蝠牙齒的告示，會有人特地弄來我店裡賣嗎？

還是我乾脆自己去採集算了？

只在店裡等人拿來賣，也不知道要等到什麼時候……

「要不要先問問凱特小姐她們？」

「……說得也是，就這麼辦。」

她的提議非常合理。畢竟她們兩個也是專業的採集家。

「冰牙蝙蝠？」

「對，妳沒聽過嗎？」

「我是沒聽過……艾莉絲，妳聽過嗎？」

「唔，抱歉，我也沒聽過。」

我在晚餐時間開口詢問她們，便得到這樣的答案。

「那是能在大樹海……不對，是能在這個村子附近弄到的東西嗎？」

「對。離這個村子不遠的地方應該有個洞窟，我聽說冰牙蝙蝠的棲息地就在那裡。」

「原來這附近有那樣的東西……看來我們也還不夠專業呢。」

「畢竟我們來這裡的時間還不算久。不過，安德烈先生那樣的資深採集家搞不好就知道附近有冰牙蝙蝠？」

「我猜他應該知道……不，很難說喔？要是他知道有冰牙蝙蝠，可能早就拿牙齒來賣了。」

冰牙蝙蝠的牙齒在開始變熱的這個季節會稍微漲價。

牙齒的採集難度不高，又很好賺，他知道的話，一定早就拿來賣了。

「店長小姐，要不要叫安德烈先生他們明天早上來幫忙？」

「唔～可是請他們特地跑一趟，感覺也有點過意不去……」

「他們應該不會介意吧。去採集的路上稍微繞點路過來，也不會多花多少時間。」

「是嗎？那，如果安德烈先生他們願意過來，就麻煩妳們帶他們來了。不可以硬逼他們來喔。」

「好，包在我們身上。」

艾莉絲小姐聽完我這番話，就自信滿滿地答應了。

隔天早上，我利用等安德烈先生的空閒時間寫起傳單。

「寫『急收：冰牙蝙蝠的牙齒』。」

我迅速寫下標題，再另外註記採集方法跟可以採集的地點。

畢竟艾莉絲小姐她們好像也不知道。

我把傳單貼上布告欄後，就這麼一邊看著它，一邊稍做思考。

布告欄上只貼著提醒大家之前那個鍊金術師很黑心的公告，還有剛才寫的傳單。

因為我沒什麼時間處理這些，就一直沒有動布告欄……

「再多貼一些收購的傳單好了。我想想……『急收：壞心蟲的全身』。」

「那個可以用來做什麼東西？」

一旁的蘿蕾雅看向我寫的傳單，好奇問道。我稍稍思考過後，說：

「可以用來做很多東西，不過我現在想收來做『防蟲面紗』，想說可以做來賣給農夫。尤其現在擺在店裡賣的防蟲用具有點貴。」

「喔，這主意不錯耶。因為連像我這種很少接觸農務的人，夏天也常常被蚊蟲騷擾。」

「面紗可以防蚊蟲的範圍不大，但是可以把定價調低一點。我猜應該連這裡的村民都不會嫌貴。」

我一邊跟蘿蕾雅說話，一邊在傳單上寫下注意事項。

「『注意：若下半部受損，恕無法收購』。」

我需要的材料是壞心蟲下半身的器官。

這個器官受損的話就完全不能用了，而且連我都很難在森林裡完好無缺地取出我要的器官。

所以，請人帶完整的壞心蟲過來最保險。

反正牠是種跟拇指差不多大的長條蟲，不會太占採集家行李的空間。

記得壞心蟲的棲息地很多，就不特別註記了。

至於外觀描述……應該不需要。

要是我描述得不清不楚，害沒看過壞心蟲的人拿其他種長條蟲過來也很麻煩，再加上我會希望採集家自己認真學習怎麼辨認。

畢竟努力學習新知識就能找到更多鍊金材料，收入也會變多。

「……嗯，這樣就好了。」

我把壞心蟲的傳單也貼上布告欄。

「還有什麼要特別寫傳單的嗎……？」

我在思考這個時期採得到什麼材料時聽見一道粗獷的聲音，店門也隨之敞開。

「珊樂莎，我們來了！」

回頭一看，就看見安德烈先生、基爾先生、葛雷先生，還有在後面的艾莉絲小姐她們一起走進店裡。

「啊，大家都來了啊。謝謝你們特地來一趟。」

安德烈先生他們一起聳了聳肩，笑著對回頭打招呼的我說：

「妳現在要找待在這個村子裡的採集家，沒有人敢不理妳啊。」

「對啊。我們的鍊藥都要跟妳買，而且前陣子的那場仗也證明了妳真的很有實力。」

「咦～這樣不就好像我是什麼很恐怖的人嗎？」

我希望他們不要講得好像是「某個恐怖的人要找我，我不敢不來」。

我明明一個很可愛又嬌弱的女孩子——雖然只是自稱的。

「妳是不會恐怖，但妳絕對是這裡實力最高強的人。」

「居然連葛雷先生都這麼說。我也只是多少有辦法戰鬥而已，還是比不過專業的。」

師父應該可以跟騎士打得平分秋色，但我大概會是真的被當成小孩子看待。而且學校的老師也很強。

「妳只算『多少有辦法』打的話，那我們算什麼啊？是手無縛雞之力的小孩子嗎？」

「可是，採集家也不是專攻戰鬥的職業。」

採集家正如其名，他們的工作是「採集」，戰鬥只不過是達成目的的手段。

雖然有些材料要殺死生物才能採集，但他們的目的不在於殺死生物。

只是我的看法似乎沒辦法得到廣泛認同。

「……不，一般都認為採集家是專攻戰鬥的職業啊。」

「原來如此，看來店長閣下的標準跟我們不一樣。我覺得自己還算……能打。但經過前陣子那件事，就沒自信了。」

艾莉絲小姐在講到一半的時候語帶遲疑，沮喪了起來。安德烈先生拍了拍她的肩膀，像是要安慰她。

「不，艾莉絲姑娘也算很厲害了，不是嗎？」

「是啊，艾莉絲的實力很高強，妳可以對自己有自信點。凱特也是。」

「那是大家攜手合作換來的成果。我只是在後面支援而已。」

「不不不，凱特姑娘的弓箭技巧厲害得不得了啊。很少有人可以像妳這麼厲害。」

凱特小姐的弓術的確很厲害。她當時還精準射中了正在動的地獄焰灰熊的眼睛。

艾莉絲小姐的話……我能說的就是她絕對不算弱吧？

雖然我自己也沒有厲害到可以高高在上地評論別人的實力。

「不小心離題了。所以，妳好像有什麼事情想問我們，對吧？」

「我都忘了。你們有聽過冰牙蝙蝠嗎？」

「冰牙蝙蝠……？」

安德烈先生他們聽到我這麼問，就疑惑地面面相覷。他們沉思了一段時間後，基爾先生不知道是不是想起了什麼，忽然用指頭彈出聲響，指向安德烈先生。

「安德烈，是那個吧？我們以前曾經聽德瑞克先生說過不是嗎？」

「聽德瑞克先生說過……喔喔！是那個嗎？說棲息在北邊洞窟裡的那個！」

基爾先生說完，安德烈先生也敲了一下手掌，想起以前聽過的傳聞。

「你們有印象是嗎？這上面有詳細的描述……」

說完，我就指向才剛貼上布告欄的傳單。

安德烈先生他們看了上面寫的地點跟採集方法，就非常肯定地說：

「對，就是這個。我們是沒有親自去獵過……」

他們好像只有聽說過有這種東西，但是沒有一起去採集，也沒有人教他們採集方法。

一般會是由前輩指導後輩，把自己的知識傳給下一代。大概是因為這個村子之前沒有鍊金術師在，保存期限很短的材料的相關知識才會失傳。

畢竟應該也不會只為了教導後輩，就特地去採集賣不出去的材料。

這樣一來，獲取相關知識的途徑就只剩下書籍，可是問題在於書是一種很昂貴的東西。

唔～如果是我自己買書，提供借閱服務……有可能會被偷走，讓大家在店裡翻閱的方式應該比較好？

而且採集家學到更多知識，也會替我帶來利益。

「……咦？可是冰牙蝙蝠的材料很好拿，再加上沒經過處理對品質的影響也很小，我覺得應該很好賺啊？」

我有點無法理解那個「德瑞克先生」沒有告訴他們可以靠冰牙蝙蝠賺錢。

安德烈先生面露難色，對這麼說的我搖了搖頭。

「其實，我還聽說過另一件事，說去獵過冰牙蝙蝠的人被商人敲竹槓了。對方說是『品質糟到不能用』。好像還是有一定標準可以判斷品質，可是我們又分不出來，所以那時候大家都覺得賣那麼少錢很划不來，沒有人想去獵冰牙蝙蝠。」

「呃，那個商人該不會是這傢伙吧？」
我指向坑錢鍊金術師的傳單。
安德烈先生一看到傳單就驚訝得瞪大眼睛，嘴角顯露不悅。
「我不確定，但是很有可能。畢竟他的店離這個村子比較近……該不會他連這個也騙吧？」
我舉起手要表情愈發猙獰的安德烈先生冷靜下來，基爾先生跟葛雷先生也拍拍安德烈先生的肩膀，要他冷靜。
艾莉絲小姐她們可能還好，但是蘿蕾雅會被嚇到，所以我希望他不要釋放太多殺氣。
「我個人很想說『是』……可是也沒辦法斷定這個推測沒有錯。」
「是嗎？」
安德烈先生有點意外地問道，我也對他點了點頭。
「呃，珊樂莎小姐，抱歉打斷你們的話題，但我想知道冰牙蝙蝠到底是什麼樣的蝙蝠？我從來沒有看過牠。」
「我也沒看過。店長小姐不介意的話，可以幫我們講解嗎？」
「也對，蘿蕾雅可能真的沒看過。牠正常應該不會飛到村子裡來。凱特小姐跟艾莉絲小姐先知道牠是什麼生物也沒有壞處……那，我就簡單說明一下。」
冰牙蝙蝠是住在洞穴裡的一種蝙蝠，牠的生態有點特別。

牠特別的地方就在於牠名字裡也有的「冰牙」。
牠的牙齒可以凍結被咬到的物體。
不過，冰牙蝙蝠基本上不會攻擊人類跟動物。
會被牠咬到結凍的是水果。
冰牙蝙蝠會把結凍的水果帶進洞窟裡，當成過冬用的儲備糧食。
所以，冰牙蝙蝠雖然人畜無害，數量太多時會造成森林裡的水果全被牠們帶走，害其他動物沒得吃。有人為種植水果的地方甚至會明確把牠們認定為害獸。
「然後，牙齒的收購價會依據它的凍結能力而有差異。簡單來說，就是不滿五歲的冰牙蝙蝠沒什麼價值。」
「那，被坑錢的傢伙是獵到不滿五歲的冰牙蝙蝠了嗎？」
「不知道。如果是拿去雷奧諾拉小姐的店賣，應該就是獵到年輕的了。可是如果是給這個人收購……」
說著，我再次指向那張傳單。
「唔～看來也不能隨便斷定當時就是他坑人錢……」
安德烈先生的表情還是顯得有點不服，只見他把手交叉在胸前，大口吐氣，嘗試讓自己冷靜下來。

「店長小姐，有什麼方法可以辨認冰牙蝙蝠的年齡嗎？」

「嗯，當然有。就算不是鍊金術師，也只要熟悉一下就能辨認出來了……反正剛好有這個機會，就直接到現場教你們怎麼分辨吧。」

「咦？到現場的意思是，店長要親自去獵冰牙蝙蝠嗎？妳的實力確實強得無話可說，可是……」

「對。反正我也需要冰牙蝙蝠的牙齒。」

而且沒有實際看到冰牙蝙蝠，也很難教他們怎麼辨認，所以我自己去會比較快。

幸好有蘿蕾雅可以幫我顧店。

「安德烈先生，可以麻煩你帶我們到那個洞窟嗎？到那裡我就可以教你們怎麼分辨，獵到的牙齒就平分，怎麼樣？」

「平分的話我們也有得賺，而且既然是妳的請託，那我也沒道理拒絕。只是妳去可能會很危險……不對，也不會危險。我總是會不小心被妳柔弱的外表騙到。」

安德烈先生講到一半就突然一臉傻眼地聳了聳肩。

「我看起來就這麼不像有戰鬥能力嗎？」

「「「不像。」」」

呃，好。大家異口同聲地這麼說。

我也算有好好在鍛鍊身體了耶。

我彎起手臂，瞄了安德烈先生他們一眼……就看見大家臉上露出微笑。

我就不說是什麼感覺的微笑了。

「唔……」

我是不是應該掛把劍在路上走，才不會被新來的採集家看不起？

而且現在我帶著武器，大概也不會被村民當成可疑人士。

「我覺得珊樂莎小姐還是保持現在這個樣子就好了……」

「是啊，妳長得滿可愛的，而且又不是採集家，不會需要強調自己的實力給其他人知道。」

「像我們不多少彰顯自己的實力，就反而會遇上一些麻煩。」

艾莉絲小姐跟凱特小姐大概會容易遇到一些心懷不軌的人。

就像艾莉絲小姐之前受重傷那時候一樣。

不過——

「我其實很想鍛鍊到像我師父那樣……」

我想成為獨立又帥氣的女性——雖然我已經幾乎對自己的身高死心了。

「我是沒看過珊樂莎的師父啦，但她年紀比妳大，總會比較有歷練吧？」

「是啊。妳不需要心急。那，狩獵冰牙蝙蝠會需要什麼工具嗎？」

聽到葛雷先生這麼疑問，我才想起冰牙蝙蝠需要注意的地方，回答：
「這個嘛。我聽說帶傘去會比較好。」
「傘？」
「對。因為有大量蝙蝠掛在洞窟的頂部，一定會掉『一些東西』下來。」
大家不知道是不是聽我講完就猜到是什麼意思了，所有人都變得面色蒼白。
冰牙蝙蝠是夜行性的生物，我們去狩獵的時間是白天，是牠們在洞窟裡睡覺的時間。
而牠們會邊睡邊排泄。
也就是說，「那個東西」會掉下來。
還會掉到頭上。
「可是我沒有傘。」
「嗯，畢竟我們下雨都是披件外套而已。」
艾莉絲小姐跟凱特小姐困擾地說道。
我看向安德烈先生他們，他們的表情也顯露出他們不可能會有傘。
「我們不可能會有傘那種高級貨吧？」
「只有住城鎮裡的商人或貴族會有吧？」
原來這麼不普遍啊。

雖然我自己也沒有傘。

「這次沒有傘也沒關係。我會用『風壁』來擋。」

這個魔法主要是用來擋掉飛向自己的弓箭，規模也夠涵蓋我們所有人。

應該說，要是沒辦法涵蓋所有人，就會發生慘劇。

因為剛才說的「一些東西」會噴得到處都是。

「不過，如果你們以後還要去，還是準備一些防具比較好喔。就算沒有傘，也可以穿件專門穿去那個洞窟的外套……」

「也是，我們之後也該準備一些對策。畢竟我們也不想被噴得滿身屎。」

啊，他說出來了。

虧我還特地講得很隱諱，只說是「一些東西」耶。

「我們不是有很破的外套嗎？就穿那個吧。」

「啊，你們不要穿那個來我店裡喔。不然我會禁止你們過來。」

我一聽到基爾先生的提議，就立刻架起防線。

雖然採集家本來就很難避免沾到一些髒汙，可是沾的全身都是還跑來我店裡就……

「我知道。而且我們早晚還是要把外套洗乾淨。不知道有沒有什麼好方法可以代替？」

「等到了現場再想想看怎麼樣？畢竟洞窟裡的實際情況可能也會有影響。」

「也對。反正這次珊樂莎會用魔法幫我們擋。」

安德烈先生也贊同我的想法。

◇ ◇ ◇

「哦～這裡就是那個洞窟啊。還滿大的嘛。」

我們在安德烈先生他們的帶領之下，順利來到了冰牙蝙蝠所在的洞窟。

艾莉絲小姐仰望著寬約二十公尺，高約十公尺的洞窟入口，出聲感嘆。

「原來還滿近的。這樣是很方便過來……但問題在於我們有沒有辦法獵到這些蝙蝠。」

「牠們不強，沒問題的。雖然一大群蝙蝠一起衝過來會很危險，但牠們一般不會攻擊人……一般來說啦。」

「一般來說？」

艾莉絲小姐疑惑問道，我接著回答：

「如果只打算獵個幾隻，冰牙蝙蝠也會以逃跑為優先。不過要是做到把洞窟入口堵住那麼誇張，牠們好像也會直接拚死抵抗。」

冰牙蝙蝠是會危害果樹園的害獸，所以也曾經有人嘗試一網打盡。只是沒有準備好足夠的戰

力對抗牠們，反而會被迫吃上不小的苦頭。
「據說以前有人被牠們反過來咬到後，因為全身結冰而喪命。」
「是……是喔……看來就算只是小小的蝙蝠，也不能太大意。」
安德烈先生他們被驚悚的案例嚇得說不出話，神情嚴肅了起來。
「這次不用擔心會被攻擊。因為只是來收割一下而已。那，我們進去吧。」
我在施放足以涵蓋所有人的「風壁」之後走進洞窟，才一踏進去，就馬上有股濃厚的臭味撲鼻而來。
這股味道讓艾莉絲小姐跟凱特小姐皺起眉頭，用手摀住自己的臉。
「唔！好……好臭！」
也難怪會臭啦。畢竟滿地都是「那個東西」。
「是……是啊，味道真的很重……安德烈先生你們……啊，你們是採集家，應該不用擔心。可是店長小姐妳撐得住嗎？」
凱特小姐裝作沒聽見安德烈先生說「什麼叫應該不用擔心啊！」的抗議，擔心地看著我。
「這裡是很臭沒有錯，但畢竟鍊金術本來就會碰到味道很重的鍊金材料，所以也有減緩不適的方法。順帶一提，我現在有用減緩臭味影響的藥。」
「太……太奸詐了！店長閣下，我也要用那種藥！」

「這種藥有點貴，妳要付錢嗎？」

我面露燦笑這麼說，讓艾莉絲小姐他們瞬間啞口無言。

「唔！」

「我……我們還有負債……」

「我開玩笑的。這次可以免費給妳們用。來，聞一下這個。」

我拿出小瓶子，打開蓋子遞給艾莉絲小姐跟凱特小姐。她們馬上把臉靠近瓶子吸了口氣，隨後就訝異得睜大了雙眼。

「喔喔！……雖然不至於不會臭，但是比剛才好很多！」

「是啊。感覺臭味比剛才減緩很多！」

「這是可以讓人不聞到嚴重惡臭的鍊藥。還會聞得到一點點，是因為完全聞不到味道反而很危險。」

嗅覺是很重要的感官，有時候可以藉著聞到燒焦味或怪味察覺危機。

所以才會是「不聞到嚴重惡臭」而已，而這就是鍊藥特別的地方，也同時是特別耗費成本的部分。

因為如果只是要讓嗅覺麻痺，其實會簡單很多。

「我沒辦法每次都免費提供，所以下次就看妳們要選擇忍受臭味，還是增加負債了。」

「唔唔……真難選。」

「尤其也不是完全沒辦法忍受這種臭味，就會不太想增加負債。」

「安德烈先生你們也要用嗎？」

「不，我們就不用了。」

「這種程度的臭味還算可以忍受。畢竟我也遇過一些採集家身上臭到會讓人想吐槽：『你是多久沒洗澡了啊！』」

「應該也沒有人臭到這種地步吧！……至少待在這個村子裡的採集家是不至於啦。」

咦，所以其他地方的採集家身上會臭到跟這裡有得比嗎……？

我有點不希望那麼臭的採集家來我店裡。

要是真的有採集家身上跟這個洞窟裡面差不多臭，我會不惜把對方列入黑名單喔。

不然幫忙顧店的蘿蕾雅太可憐了。

「總之，等真的有身上很臭的採集家來我店裡的時候，再想想怎麼處理。先不提這個了，你們看看上面。」

「上面……哇！」

艾莉絲小姐一順著我的手指往上看，就立刻發出驚呼。

安德烈先生他們也嚇得目瞪口呆。

「這……也太多了……」
掛在上頭的冰牙蝙蝠多到甚至看不見洞窟的頂部。
一堆毛茸茸的蝙蝠擠在一起，根本沒辦法數清楚到底有幾隻。
「要……要從這裡面找出五歲以上的冰牙蝙蝠嗎？店長小姐，這怎麼可能找得出來？」
「是有點困難，但不是不可能。比如說……那隻。」
我說著就用魔法攻擊一隻冰牙蝙蝠。
我撿起掉到地上的冰牙蝙蝠給安德烈先生他們看，但他們仍然無法理解。
「……呃，珊樂莎，妳是用什麼標準決定攻擊這隻的？」
「我是看魔力量。挑魔力量超過一定程度的冰牙蝙蝠就對了。」
「等等，我們辦不到啦！我們又感應不到牠們有多少魔力！」
基爾先生激動反駁用理所當然的語氣說出這番話的我，其他人也跟著點點頭表示同意。
「嗯，我知道。我不會要你們用這種方法辨認。第一個辨認方法是身體大小。你們看得出牠比其他隻還大嗎？」
安德烈先生他們輪流看往被我抓著腳垂著的冰牙蝙蝠，還有掛在洞頂的其他蝙蝠……看起來好像不太知道差在哪裡？
「……經妳這樣一說，上面的好像真的比較小。」

「不，幾乎看不出有什麼差吧？我是看不出來。」
「離這麼遠看不出來啊……」
我打下來的冰牙蝙蝠從腳到頭頂大概二十公分多一點。
掛在洞頂上的大多比我手上這隻小。
稍微看得出差異的似乎只有凱特小姐，基爾先生好像也勉強看得出來？
凱特小姐是因為主要武器是弓箭，導致觀察能力也比較敏銳嗎？
「總之，外表的部分就先這樣吧。接下來是用牙齒來辨認的方法。」
我拉開冰牙蝙蝠的嘴巴，要大家注意牠兩公分左右的兩根牙齒。
畢竟連名字裡都特地提及「冰牙」，以牠的身體尺寸來說，牙齒算是偏大。
「第一個重點是顏色。顏色愈接近深藍色，年齡就愈大。」
「哦～顏色還滿漂亮的……」
「這個還算淡的，冰牙蝙蝠的牙齒超過十歲就會變成帶點紫色的深藍色，會變得更漂亮。」
艾莉絲小姐好奇地想伸手碰牠的牙齒，我先是把蝙蝠拿開，才接著說：
「再來是冷卻能力。如果牠的牙齒冷到會讓人碰一下就不想繼續碰，就算很有價值了。」
「這樣啊。」
看到艾莉絲小姐立刻脫掉手套，想直接碰牠的牙齒，我又一次把蝙蝠拿開。

她一臉不滿地看著我，而我則是搖搖頭，表示不可以碰。

「又或是拿牠的牙齒刺東西也可以辨別。我想想，五歲以上的冰牙蝙蝠的牙齒可以在短短數秒內讓人類的手指結冰。艾莉絲小姐，妳要試試看嗎？」

「算……算了，我不碰了！」

艾莉絲小姐大力搖頭，連忙把手套重新戴上。

嗯。才解說到一半就想動手很危險喔。

鍊金術課也是所有人都不會靠近正在進行的實驗。

因為在老師說可以碰之前絕對不能碰，是大家都知道的鐵則。

「最後一種方法是看牠的牙齒根部。看得出有像線條的東西嗎？」

安德烈先生他們很好奇地——艾莉絲小姐則是小心翼翼地看向我說的部位。

「……這裡太暗，看不太到。」

「啊，說得也是。『光』。」

我製造不會太過刺激冰牙蝙蝠的微弱光芒，再次請他們注意牙齒根部。

「嗯、嗯，的確有線條。這個有幾條就是幾歲嗎？」

「對。這隻有五條線，所以是六歲。」

「原來如此。用這個方法的話，我就看得出來了。」

「再來就只要把這兩根牙齒折斷帶走就好了。摸的時候要小心不要刺到手指，而且其實只要往內側輕輕一壓，就可以弄下來了。」

我一邊說，一邊接連折斷牠的兩根牙齒，再放到帶來的皮袋裡。

「剩下的身體部分幾乎沒有特殊用途，可以直接丟掉。不過，應該最好還是拿到洞窟外面丟掉。畢竟讓屍體在洞窟裡腐爛掉，下次來會很礙事。」

這裡還在能看見洞窟入口的地方，不會太費力。

只要抓著冰牙蝙蝠的腳丟出去，牠的屍體就會消失在森林裡。

「雖然聽起來很簡單，但要辨認年齡還真有點難度。凱特，妳有自信看得出來嗎？」

「如果只有這麼細微的差異，我也不能保證一定分辨得出來……」

聽到艾莉絲小姐這麼詢問的凱特小姐面露難色。

「基爾，你看得出來嗎？」

「看不出來。而且我們的長槍根本搆不到洞頂的冰牙蝙蝠。」

安德烈先生他們似乎準備了組裝式的長槍來獵蝙蝠，但好像搆不到高達十公尺的洞窟頂部。

「用弓箭射牠們也是一種方法，然後一般在這種洞窟裡面的冰牙蝙蝠是待在愈裡面的年紀愈大。當然，賣價也會愈好。」

「……嗯？那去最裡面獵蝙蝠，不就不需要看牠幾歲了嗎？」

「畢竟入口就有這個年紀的冰牙蝙蝠，現在去最裡面是不需要注意沒錯。」

「『現在』……喔，我懂了。從最裡面的開始抓，會讓年輕的接連跑去最裡面對吧？」

安德烈先生他們稍做思考之後，也點頭表示聽懂是怎麼回事了。

「對。所以先學會怎麼辨認年齡，也絕對不是白費力氣。」

「原來如此。不過，我真的是分不太出來……」

「這就只能請你努力學會分辨了。」

「也是。嘿，基爾，你要好好學會怎麼分喔。」

「居然是叫我學喔！我是會想辦法學會啦……可是等不滿五歲的蝙蝠都住到最裡面去了再收手，會比較有效率吧？」

基爾先生困擾地聳了聳肩，而我也同意他的看法。

「是啊。老實說，這裡的蝙蝠數量比我預測的還要多，就算獵光牠們，我也沒錢全部收購下來。而且既然都要獵蝙蝠了，我也想要年紀比較大的蝙蝠的牙齒。」

大概是很久沒人來獵蝙蝠的關係，光是入口就有這麼多冰牙蝙蝠。

完全無法想像這座洞窟裡面總共有多少冰牙蝙蝠。

要是把牠們全部獵光，搞不好會直接拉低這個國家的冰牙蝙蝠牙齒價格。

「那我們就從最裡面的開始獵吧！一定可以賺到不少錢！」

——離我們意氣風發地開始走往洞窟深處，已經過了兩小時多。

我們到現在都還沒抵達冰牙蝙蝠棲息地的最深處。

先不論洞窟本身就很深，但冰牙蝙蝠照理來說不會跑去太裡面的地方……就算因為路不好走，讓我們走比較慢，也走太久了吧？

而艾莉絲小姐似乎也是一樣的想法，用有些厭倦的表情對我說：

「我說，店長閣下。應該不需要再往裡面走了吧？」

「對……對啊。雖然我也不是不在意最裡面是什麼樣子，可是這附近的蝙蝠已經夠大了吧？」

這一帶掛在洞頂的冰牙蝙蝠至少也有三十公分大。

大隻一點的還超過四十公分，這種的冷卻能力應該相當高。

「大成這樣連我們都看得出來了。真的滿大隻的。」

「店長閣下，如果獵光這裡的冰牙蝙蝠，是不是就可以還清負債——」

「還不夠一次付清。但是會稍微變少一點。」

「我想也是。唉……艾莉絲這條命真的值天價啊。」

「別……別說了……」

艾莉絲小姐沮喪地垂下肩膀，但凱特小姐說的是事實，妳就死心吧。

而且那個鍊藥實在是貴到我狠不下心免費送人用。

「不過，我認為艾莉絲姑娘妳還算幸運的耶，畢竟沒多少人會願意借錢給採集家。而且妳們當時是第一次見面吧？」

「是啊。一般不可能會不惜用昂貴的鍊藥救陌生人。」

「安德烈先生，葛雷先生，這點我也很清楚。呃～抱歉，店長閣下。」

我對尷尬道歉的艾莉絲小姐搖了搖頭，說：

「沒關係。畢竟那是連當鍊金術師的我都很難買得起的鍊藥，這也沒辦法。」

「那麼厲害的藥，果然也會超乎想像的貴——嗯？那為什麼妳店裡會有那種鍊藥？」

「那是師父給我的餞別禮。」

「呃！我……我竟然還害妳用掉那麼重要的禮物——」

「妳不需要放在心上。畢竟妳的命還是比那種藥寶貴太多了。」

我對震撼到摀住胸口的艾莉絲小姐搖搖頭，要她別在意。

反正她以後會還我藥錢嘛。

「喔喔喔，我感覺店長閣下背後有道聖光……」

「不，並沒有。」

「不！我看得到那道聖光！店長閣下！我會努力賺錢還清債款的！」

「……好吧。那請妳好好努力。妳就先從打掉上面的冰牙蝙蝠開始吧。」

「好！包在我身上！」

艾莉絲小姐在自信滿滿地回答我之後看往洞頂，並且在一段沉默以後沮喪地低下頭來。

「……抱歉，凱特。我無能為力。」

「畢竟妳沒有方法可以攻擊遠距離的目標嘛。我會把妳獵不到的部分一起獵下來。」

「真不愧是凱特！妳太可靠了！」

艾莉絲小姐的表情在聽到這番話後瞬間變為笑容，輕輕拍了凱特小姐的肩膀一下，讓她露出苦笑。

「妳就是誇獎人最厲害了。店長小姐，我可以直接攻擊冰牙蝙蝠嗎？」

「基本上可以。不過，請妳盡可能一次射死牠。牠們一慌就會到處亂飛，會很麻煩。」

「一次射死……還滿困難的。又不能瞄準頭部……」

「畢竟弄壞牙齒就沒意義了。安德烈先生你們搆得到蝙蝠就用長槍打，打不到的話就麻煩幫忙撿蝙蝠回來。」

「嗯。那我來幫忙撿蝙蝠！我已經準備好了！」

「是嗎？那我們開始獵蝙蝠吧。」

我用魔法，凱特小姐用弓箭，安德烈先生跟葛雷先生用長槍，其他兩個人負責撿蝙蝠。

凱特小姐的弓箭需要非常精準才能讓蝙蝠一次致命，相對困難了一點。

「啊！」

她的箭法非常高超，卻還是在打倒五隻以後失手了。

沒有瞬間致命的冰牙蝙蝠在掉落的途中不斷拍打翅膀，讓其他掛在洞頂的冰牙蝙蝠也同時開始四處亂竄。

「對不起！」

「凱特姑娘妳不用道歉，妳光是可以打倒五隻就很厲害了。喂，基爾，你也來幫忙。現在這樣用劍也砍得到吧？」

「知道了！」

我把原本範圍偏大的「風壁」壓縮到只勉強蓋得住我們所有人，讓冰牙蝙蝠馬上就變得會經過我們身邊。

注意到這一點的安德烈先生立刻要基爾先生參與狩獵。

艾莉絲小姐也加入攻擊的行列，換凱特小姐負責撿蝙蝠。

畢竟蝙蝠飛行的方式沒什麼規律嘛。

在這種情況下硬要射箭，搞不好還會誤射到同伴，所以凱特小姐的判斷是對的。

一陣子過後。

周遭已經沒有任何在飛的冰牙蝙蝠跟拍翅聲響，只剩下滿地的蝙蝠屍體。

「呼。雖然情況跟原本預料的不太一樣，但看來可以收集到不少牙齒。有這麼多，應該就夠用了。」

「是啊。而且我們最多應該也只能帶走這些。」

就如安德烈先生所說，我們差點就裝不下所有蝙蝠，不過還是勉強把每一隻都裝進去了。

我們扛著裝滿屍體的皮袋，順著原路走回洞窟入口。

就在小心謹慎地走了非常容易滑倒的地面好幾個小時之後。

我們終於開始看到來自外界的光芒——踩上了洞窟外頭的地面。

「呼……幸好回來的路上沒有出大事。」

「是啊。要是跌倒了，就會全身都是地上的大便跟掉出來的屍體……我一點都不想想像那種畫面。」

我們全都點頭同意寒毛直豎的艾莉絲小姐的意見，隨後把揹著的皮袋放到地上，大口呼吸新鮮空氣。

我是很想直接在這裡休息一陣子，可惜離日落已經剩沒多少時間了。

「那，雖然會沒時間讓大家休息，我們就在這裡摘下牠們的牙齒吧。反正把屍體帶回去也只會占空間。」

「是啊。直接折斷就可以了嗎？」

「對。注意要從牙齒根部往內側折就好。啊，碰的時候一定要戴皮手套喔，除非你們想讓手指被截肢。」

「當……當然會戴。我也不想再扛更多負債……」

我對語氣著急的艾莉絲小姐說：

「嗯。要讓手指再長出來是不至於讓妳的借款變兩倍，但還是會多個幾成。」

因為讓身體組織重新長出來的鍊藥非常貴。

「唔！我會小心……凱特，記得應該還有厚一點的手套吧？」

「我這裡有用來採集比較危險的東西的手套。就用這個吧。」

艾莉絲小姐她們因為是採集家，隨時都會戴著用來保護雙手的手套，而她們平常戴的是比較方便運用武器，也比較有彈性的手套。

兩人一起脫掉平常的手套，換上從行李裡面拿出來的另一雙手套。

仔細一看，就發現安德烈先生他們也有準備別的手套，這部分倒是看得出來他們是很熟練的採集家。

我嗎？我不要緊。

我的手套雖然是薄的，卻也不會被冰牙蝙蝠的牙齒這種小東西刺穿。

這雙手套當然是鍊器，定價是三千兩百雷亞。

我需要做過它一次，所以我的倉庫裡才會有這種手套。

我小氣歸小氣，還是會打算積極運用方便的東西。

反正丟在倉庫裡積灰塵也是浪費。

「嗯？珊樂莎，妳的手套這麼薄，沒問題嗎？」

而且拿來用的話，也會出現這種宣傳的好機會。

「嗯。這是叫『柔軟手套』的鍊器，不至於異常尖銳的東西弄不破它。再加上它柔軟到會被取名叫『柔軟手套』，也可以用來處理比較細微的作業，很方便喔。」

「哦……我可以借來用用看嗎？」

「當然，不用客氣。你套套看。」

我把手套脫下來給對它有興趣的葛雷先生之後，他先是狐疑地看著明顯比自己手還要小的手套，才小心把手套套上其中一隻手，並馬上訝異得睜大了眼睛。

「我的手一下子就套進去了。而且幾乎不會妨礙手感耶！」

「柔軟性跟不會妨礙到指尖細微動作的厚度，就是這種手套的特色。而且它雖然很薄，卻非常堅韌，所以我處理鍊金術事務的時候也會用。畢竟鍊金術其實也滿容易受傷的。」

正確來說，我用來處理鍊金術的是比它更高一級的手套。

也就是《鍊金術大全》第四集裡的「極致薄柔軟手套」。

它也正如其名，就只是更薄一點的柔軟手套。

「缺點是它是鍊器，所以會消耗極少量的魔力……」

「不，我幾乎感覺不到它有在消耗我的魔力耶。至少我是完全沒問題。」

基爾先生看到葛雷先生高興地張合手掌，便好奇地把手套上另一隻手套。

「這麼薄還能擋得住冰牙蝙蝠的利牙啊——對了，這個多少錢？」

「我想想，要三千……八百雷亞。雖然也要它可能有一定銷量，才會是這個價錢。」

定價的三千兩百雷亞是在王都賣的價格。

賣價會依據存量跟好不好賣來決定，不過考慮到還要進一些需要用的材料，在這個村子裡賣三千八百雷亞其實算很勉強了。

如果只能賣出一雙會虧很多，賣十雙應該差不多賺回成本？

畢竟運送費用也不是小數字。

我是可以藉著拜託師父傳送過來省錢……可是這也只是我跟師父用魔力取代掉原本的運送費用而已，我還是應該考慮正常進貨的情況。

「三千八啊。這個價格可以買到安全性的話……的確可以考慮花這筆錢。」

「我隨時接受大家的訂單喔。如果一次訂的數量過多，我也可以給點折扣。」

「嗯～搞不好會很多人想訂喔。幸好現在因為上次那些熊變有錢的人也滿多的。而且這種手套還可以放心摘下冰牙蝙蝠的牙齒……」

安德烈先生思考著訂手套的事情時也不忘動手摘牙齒，一個小時後，所有皮袋都空了，只剩下牙齒堆成的小山。

由於年紀大的冰牙蝙蝠比原本預料的多，這些帶著濃厚深藍色的牙齒看起來有點像寶石，非常漂亮。

相對的，這些牙齒的收購價也會變得非常高，所以光是今天的利潤就夠大家買柔軟手套了。

「對了，賣到的錢平分給每個人可以嗎？」

這麼多高齡蝙蝠的牙齒平分給每個人，也夠我用來做冷藏櫃跟冷凍櫃。

我抱著這樣的想法提議之後，安德烈先生他們就開始面面相覷。

「我們是很高興可以平分，可是這樣好嗎？」

「這次貢獻最多的絕對是妳啊。」

「那就當作是給你們的帶路費吧。」

「這樣啊，不好意思啊。不過，反正最後都是要拿去妳那邊賣，等一下可以直接拿現金嗎？」

「啊，說得也是。那等回店裡，我再付給你們。艾莉絲小姐妳們……」

「我們的就全部……啊，不對，先讓我們討論一下要拿多少來還債。」

「對不起，我們手頭有點緊……」

我搖搖頭，對看起來很過意不去的凱特小姐跟艾莉絲小姐表示「沒關係」。

「好，我知道了。不過，妳們不用勉強自己太快還清也沒關係。妳們太急著還，我會擔心妳們不小心受傷。」

賣材料的錢是艾莉絲小姐她們唯一的收入。

也就是說，幫她們收購材料的我，可以輕鬆推算出她們的經濟狀況。

她們現在會好好吃飯了，但我還是有點擔心。

「店長小姐……謝謝妳。」

「不會。畢竟萬一妳們不小心掰掰了，我也會收不回借妳們的錢。」

我用開玩笑的語氣這麼說，她們就露出苦笑，點了點頭。

「我們會小心注意。我們一定會活到還完這筆債務，向店長閣下報恩的那個時候。」

「好。要回報完這份救命之恩，會是很漫長的一段路喔。」

說完，我就對她們露出了微笑。

◇◇◇

「那我出門一趟喔！」

「好，路上小心。」

去洞窟收集牙齒的幾天後。

時間是早上，我在店門口接受蘿蕾雅她們的送行。

我要去雷奧諾拉小姐在南斯托拉格的店。

我已經走過這段路好幾次了，所以是懷著輕鬆的心情準備出發。不過，只有蘿蕾雅是心平氣和地送我離開。

艾莉絲小姐跟凱特小姐的表情明顯很不安。

「我說，店長閣下。妳一個人去不會太危險嗎？雖然這段路不怎麼危險，可是一個人出門在外，很難安心睡覺吧？」

「是啊。至少讓我跟艾莉絲其中一個人護衛妳去吧……」

「不了。我很高興妳們這樣擔心我，但是我會用跑的過去，妳們不會用體能強化很難跟上我喔。而且我這次打算當天來回！」

「是嗎？也對，店長閣下的確有可能一天就到那裡——嗯？來回？」

我對看起來備感疑惑的艾莉絲小姐大力強調：

「對！我打算今天回來！」

「咦？當天來回……店長小姐再厲害，應該也辦不到吧……？」

「不，我感覺這次辦得到！我經歷過一次要死不活的肌肉痠痛，比以前更厲害了！——應該吧？」

反正也不可以對自己太沒自信嘛。

從上一次的狀況來看，應該不要亂繞路就可以當天來回！

「那我們陪著去反而會礙事。」

「是啊。店長小姐，路上小心。」

「好，謝謝妳們……妳們有想要買什麼嗎？像是點心之類的。」

「不了，沒關係。我們現在有地方睡，還有好吃的東西可以吃。現在的我們只需要採集工作需要的工具！」

艾莉絲小姐用力握拳說道，眼神卻看得出些微動搖。

「呵呵，好。那我會隨便買些伴手禮回來。我走了！」

我不需要橫越平原或山脈——只是一路順著街道前進，前往南斯托拉格。

不知道是不是因為用體能強化的機會變多了，還是上次的嚴重肌肉痠痛真的有影響，我感覺狀況明顯很好，也就這麼直接路過上次有停下來休息的地方。

這下離南斯托拉格就只剩一小段路了。

我在覺得差不多該休息一下的時候，開始看到南斯托拉格的大門——結果我還是成功一次跑到目的地。

「這代表我是真的有在進步吧。呵呵呵……」

如果連身高都有變高，就太完美了。

但很可惜，我已經好一陣子沒有長高了！

我希望自己還可以再長高一點。

我是已經快認清自己就是容易被當成小孩子了，只是身高不夠會不方便處理鍊金術的事務。

「沒問題。還有希望……不對，現在要先加緊腳步才行。」

我來這裡的第一個目的，是來買冷藏櫃跟冷凍櫃要用的木材。

會實際用到這些木材的是蓋貝爾克先生，所以我需要做的就只有到批發店交訂單。

我馬上處理好木材訂單，接著來到雷奧諾拉小姐的店。

「歡迎光臨……啊，這不是珊樂莎嗎？妳果然安然無事啊。」

我一打開還是一樣打掃得很乾淨的這間店的店門，雷奧諾拉小姐就有點驚訝地看著我，臉上浮現笑容。

「好久不見——為什麼會說我安然無事呢？」

「那些從約克村逃來的採集家吵吵鬧鬧的。說那個村莊沒救了。」

「……喔喔，是說地獄焰灰熊狂襲嗎？」

畢竟好像有不少人逃跑了，也難怪會有這種傳聞。

至於之後順利打退那些熊的傳聞……奇怪？該不會還沒傳開吧？

「對。我只聽到一些風聲，也還是猜得出那個村子一定遇上了大麻煩。不過我知道妳也在那個村子裡，所以不怎麼擔心。」

「我是很高興妳這麼信任我，可是我沒有師父那麼跳脫常識喔。」

大概是因為師父很有名，她才會這麼信任我，可是我不像師父那麼誇張。

就算有人期待我可以像師父那麼厲害，我也沒辦法發揮那樣的實力。

「對了，妳今天是拿什麼來賣？」

「……是地獄焰灰熊的材料。」

「我想也是。你們遇到了幾隻？」

「二十八隻。」

「所以那麼多隻都是妳打倒的？」

聽到雷奧諾拉小姐傻眼地這麼說，我連忙搖頭否認。

「怎麼可能。我只打倒八隻。其他的是留下來的採集家跟村民努力打倒的。」

「我認為妳一個人打倒這麼多就夠厲害了。算了，這也不是很重要。可以讓我看看那些材料嗎？」

「好。首先是毛皮、火焰袋跟眼球——」

我把這次拿到的大部分材料都帶過來了，讓櫃檯很快就被大批材料占據。

雷奧諾拉小姐把材料一個個拿起來檢查，開始計算收購價格。

「嗯、嗯……材料的狀態很好，而且這些都是很珍貴的材料，我是很想全部買下來啦……可是真的買下來，我這裡就要沒半毛錢了。」

「妳也可以用材料跟我換，不一定要現金。畢竟我也有很多想要的材料。另外，我還有這些要賣，雖然不是什麼特別的東西就是了。」

我最後拿出來的是前幾天收集的大部分冰牙蝙蝠牙齒。

之後天氣會慢慢變熱，估計需求量會比較大，而且我那邊應該很快就會再收購到新一批，全部留著自己用有點太多了。

「哦，冰牙蝙蝠啊。牠們的牙齒在這個時節會漲價，妳帶來讓我收購真是幫了我大忙。而且年齡好像都滿大的嘛。最近你們村子都沒人帶冰牙蝙蝠的牙齒過來，我正愁沒有貨源呢。明明不需要做特殊處理，也不會很難搬運。」

「村子裡的採集家說是以前有人拿冰牙蝙蝠的牙齒去賣，結果被坑錢。所以後來大家好像都覺得特地去獵冰牙蝙蝠太吃力不討好。」

「……該不會又是那傢伙坑人錢吧？」

雷奧諾拉小姐的視線稍稍燃起怒火，但我搖頭否認，表示不確定。

「我不知道是不是他……尤其冰牙蝙蝠牙齒便宜的是真的不怎麼值錢。」

「年輕蝙蝠的牙齒的確是不值錢。嗯……再猜是不是他也沒什麼意義。」

她稍微想了想，不久就嘆了口氣，搖搖頭這麼說道。

「那，這些也是全部跟妳收購就好嗎？」

「對。接下來天氣會慢慢變熱，應該會很好賣吧？」

「是不可能會賣剩下啦——那，妳想要換什麼材料？」

「我想想，我想要柔軟手套需要的材料——」

除了很可能會接到訂單的柔軟手套的材料以外，我還換了第四集的鍊器需要的材料，還有第五集可能會用到的東西跟鍊藥的材料。

途中也不時穿插有點激烈的殺價攻防，交換了彼此的材料跟現金。

最後，我跟雷奧諾拉小姐都露出滿意的微笑，互相握手致意。

「嗯，這筆交易對我們雙方都有好處——珊樂莎，妳今天也要借住在我這裡嗎？」

妳應該沒有訂旅店房間吧？——我對這麼說的雷奧諾拉小姐搖搖頭。

「不，我今天會直接回去。因為我這次的目標是挑戰當天來回！」

時間還沒到中午。

現在上路還來得及回去！

我說著就握起了拳頭，同時感受到雷奧諾拉小姐傻眼的視線。

「當天來回……不對，想想妳來我這裡花了多少時間，就知道不是不可能。妳是今天早上才出發的吧？」

「對。我這次沒有中途休息，直接一口氣跑到這裡。」

「妳真的很武鬥派耶。而且腰上還掛著一把看起來不錯的劍。」

她的眼力真好。

明明這把劍乍看只是一把普通的劍。

我把劍連著劍鞘一起拿下來，放到櫃檯上。

「呵呵呵，妳要看嗎？妳要看看嗎？」

「怎麼？妳看起來好像很高興耶。」

「其實這是師父送我的。」

「真的嗎？讓我看看！——哇，雖然外表很樸素，卻會讓人看了倒抽一口氣……」

雷奧諾拉小姐立刻把劍拔出劍鞘，一看到刀身就不禁出聲讚嘆。

畢竟這把劍厲害到它的刀身都砍過那麼多隻熊了，也還是清晰得可以照出自己的臉。

「它也很鋒利喔。我用它砍地獄焰灰熊的脖子，一劍就砍下來了。真不愧是大師級鍊金術師的作品。」

「——不，我覺得不是因為劍本身厲害。」

「咦？」

我本來想炫耀我的師父很厲害，卻是得到否定回答。

「我用這把劍就不可能砍斷地獄焰灰熊的脖子。應該說，一般鍊金術師根本就不會想用劍去打地獄焰灰熊。」

「也對，鍊金術師一般會比較擅長魔法。也有些人帶著劍只是用來防身而已。」

所以我才可以狂賺一堆獎勵金。

「這已經不是大多鍊金術師比較擅長魔法的問題了……算了，反正妳本來就是會做出什麼事情都不奇怪。」

「……妳這句話是不是有諷刺的意思在裡面？」

「我是在誇獎妳，真的——就某意義上來說是誇獎啦。對了，妳應該還沒吃午餐吧？我可以請妳吃一餐，當作是妳讓我看這把好劍的謝禮。」

雷奧諾拉小姐一邊打發掉我的小抱怨，一邊把劍遞給我。我把劍掛回腰上，說：

「唔～雖然有點在意妳這種講法，不過我就看在妳會請客的份上，不繼續追究了。」

「嗯、嗯。妳就左耳進右耳出就好——噯！我要出去吃午餐，麻煩妳顧個店！」

「好——」

雷奧諾拉小姐一往店裡面說完這段話，就聽見裡頭傳來一道來自女性的小聲回應。

聽到這聲回應之後，我就被雷奧諾拉小姐推著背，一起走到店外。

◇◇◇

雷奧諾拉小姐帶我來的是一間高級餐廳。

簡單來說，是跟狄拉露女士那邊的價格後面再多一個零差不多貴。

只有我一個人的話，我絕對不會挑這麼高級的地方。

不過這次是雷奧諾拉小姐請客。

也就是說，我現在等於是無敵狀態。

我不會客氣的。
因為我是個有得賺就會賺個夠的女生。
不過，真正所向無敵的，是看我吃得毫不客氣，也依然面帶微笑的雷奧諾拉小姐。
資深鍊金術師就是不一樣！
哪像我就算多少有點錢，也不敢花太多在自己身上！
「珊樂莎，妳有吃飽嗎？」
「嗯！而且這間店的料理好好吃。」
我是真的沒在管價錢，毫不客氣地直接吃到飽，雷奧諾拉小姐臉上的微笑卻始終沒有消失。
「我也很喜歡這間店。我猜妳現在還很難大膽來這邊吃，但等妳的店開始賺得比較多，應該就不會介意這種高級餐廳的價格了。」
「啊～可是等賺到手頭不會這麼緊的時候，我想要先多捐一點錢給孤兒院。」
孤兒院的大家過得那麼辛苦，卻只有我自己在吃好料，會讓我有點良心不安……
「原來妳以前在孤兒院啊。不過，妳還是盡量不要捐太多比較好喔。或者去跟孤兒院的院長討論看看捐多少比較剛好。」
「是嗎？」
「不覺得厲害的鍊金術師真的捐一堆錢給孤兒院，他們的生活就會舒適過了頭嗎？妳想想，在那種地方長大的小孩會有上進心嗎？」

「喔喔……妳這麼說也對。」

用師父來舉例的話——

假設她捐了自己一成的收入給孤兒院，孤兒院的小孩子應該可以過上比社會上大多數小孩還要更奢華的生活。

如果問我待在那種環境裡面會不會拚死命讀書……我猜大概不會。

我當初是因為非常想要改變困苦的現狀，才有動力那麼拚，要是生活過得很好……

而且在那種環境下長大，很可能對離開孤兒院以後的生活也有不良影響。

畢竟不可能有人會付高額薪水給沒有什麼長處，還來自孤兒院的人，進而導致原本不愁吃穿的當事人得過上窮困生活……

「其實我自己以前也是待孤兒院的，我是定期捐一點點錢給孤兒院，如果要整修建築物，才會捐一大筆錢過去。」

看來報恩並不是單純捐錢過去就好。

雖然我覺得院長應該會把捐款用在對的地方……但還是先跟院長談談看吧。

「原來如此，謝謝妳讓我學了一課。」

「畢竟我也算是妳的前輩。妳如果有遇到什麼困難，都可以來找我商量。」

「好，謝謝妳。畢竟這裡離村子算近，以後搞不好會有事情需要麻煩妳幫忙……」

「嗯，妳隨時都可以來找我。」

「太好了。那麼，我就先走了。因為我想在日落之前回到村子裡。今天真的很謝謝妳請我吃這一餐！」

我在離開餐廳後再次向雷奧諾拉小姐道謝，隨後她就稍稍露出苦笑，對我揮了揮手。

「妳現在出發就能回到村子也很跳脫常識了……路上小心喔。」

「好。那下次見了！」

我向雷奧諾拉小姐道別，在迅速買好伴手禮之後開始朝著村子的方向飛奔。

我有好好休息，也有填飽肚子，是不會影響到我用體能強化……

「唔呃……有點吃太多了。」

才剛起跑沒多久，我就因為吃得太飽而不太舒服。

雖然是給人請客，可是我完全忘記吃完以後要用跑的回村子，還大吃特吃。真是太傻了。

可是我哪有什麼辦法！我就窮習慣了嘛！

有人說要請我，我怎麼可能不一次吃個夠本。

結果我的腳步也因為這樣變慢，等我抵達村子的時候，太陽已經幾乎完全下山了。

回到家後，我用伴手禮討好一直很擔心地在等我的蘿蕾雅她們，當天晚上也決定提早就寢。

Episode 3

新商品與商業競爭對手？

「嘿，珊樂莎。我問好大家了！」

「……？問什麼？」

我對安德烈先生劈頭說出的這句話感到疑惑。

「手套啊。妳說訂的數量夠多會給折扣，不是嗎？」

「……我想起來了！咦？已經湊到夠多人了嗎？才過沒幾天而已耶。」

「是啊。我把那種手套有多方便跟冰牙蝙蝠的事情告訴大家之後，每個人都說想要一雙。」

好像是安德烈先生問過的幾乎每一個人都在考慮過冰牙蝙蝠的利潤跟危險性之後，決定要訂柔軟手套。

「有這種手套的確是會方便很多，可是我好意外明明沒親眼看過手套，還是有這麼多人願意訂……是大家很信任安德烈先生嗎？」

「不，我在資深的採集家裡面算菜的了，大家信任的是妳吧。」

「咦？我嗎……？」

我有做過什麼事情嗎？

我只是請安德烈先生幫我問有誰要手套而已啊。

「大家覺得很強的妳有在用，或是因為是妳做的東西就想用用看，也相信妳一定會收購大家去收集回來的牙齒。這些就是大家為什麼會這麼信任妳的原因。」

我親自證明過柔軟手套有多堅韌。

曾經明言折牙齒的時候不小心失手，有可能會需要截掉手指。

也會用正當價格收購收集來的冰牙蝙蝠牙齒。

他說是這三件事讓大家沒道理不買柔軟手套。

「這……我也滿高興大家願意捧場的。畢竟採集家不來光顧的話，鍊金術師也只能摸摸鼻子去其他地方做生意了。」

鍊金術的大前提是要收購採集家收集來的材料。

尤其開在這種鄉村的店大部分利潤是來自把跟採集家收購的材料賣到大都市，賣鍊藥跟鍊器賺的錢並不多。

都市裡的鍊金術店情況會剛好相反，所以不跟採集家收購也還經營得下去，只是萬一被採集家集體敵視，就不能在材料不夠的時候委託他們收集材料，到頭來還是會很不方便。

「所以，這個數量夠讓妳給折扣嗎？」

「這個嘛……畢竟安德烈先生幫忙問到這麼多訂單，原本一雙三千八百雷亞折價到三千五百雷亞可以嗎？」

「折這麼多沒關係嗎？我認為原價就已經很物超所值了耶。」
差不多是打九折。我對露出意外神情的安德烈先生說：
「沒關係，給這個折扣還是能擠出一點利潤。」
因為材料是我自己去南斯托拉格買來的。
如果是委託採集家幫忙收集就有點勉強了。會虧本。
「既然妳都這麼說了，那就這個價錢吧。」
「嗯。不用客氣。採集家可以更安全地工作，帶更多材料來給我收購，反而會更好賺……雖然鍊藥的銷量會下滑就是了。」
「哈哈哈！那看來我們得好好加油，給妳多賺一點了！」
我故意奸笑著說出這番話，讓安德烈先生也接著哈哈大笑。

柔軟手套的製作方法不會很難。
我把需要的材料一起放進鍊金爐裡，再一邊灌注魔力，一邊攪拌。
一段時間過後，材料就全部溶解成一鍋黏稠的褐色液體。
接下來需要的是手套的模子。
我準備了從手肘到張開的五根手指指尖形狀的兩個木模，左右手各一個。

但也不需要完美貼合手部，所以形狀其實只是隨便抓個大概。
隨便到就算說是「左右手」各一個，也分不出兩邊有什麼差別。
我把木模手腕以上的部分泡到液體裡面，再拿起來花一段時間弄乾。
重複一樣的步驟十次左右，就可以做好手套的基底。
我不想浪費弄乾它的空檔，又準備了另外兩組木模，總共是六隻手套的量。
我就這麼利用這些木模製造起大量手套。
一隻手套要重複浸泡十遍。一雙二十遍。十雙要兩百遍。
我開始放空腦袋，不斷重複單純的製造工程。
「珊樂莎小姐，可以吃午餐了——哇！這些是什麼東西？」
蘿蕾雅在我想著好像快要可以悟出什麼人生大道理這種蠢事的時候走進工坊，並且在看到桌子上的景象後發出驚呼。
「這個嗎？是手套的模子。」
嗯，這景象的確有點毛骨悚然。
因為看起來就像桌子上長了很多人手。
「啊……好，是木模啊……哦～原來手套是這樣做的。」
「嗯。妳可以再等我一下嗎？現在離開會讓材料報銷。」

這鍋要用來當手套材料的液體放著不管的話，很快就會凝固起來。
也就是要一直把手放在鍊金爐上，持續灌注魔力進去。
要是灌注魔力的過程出現斷點，或是把手放開，就會害整個爐裡的材料報銷，所以必須在開始之前仔細考量自身的魔力量跟製造速度，來決定該一次做多少。
「這樣啊。珊樂莎小姐，有什麼我可以幫忙的事情嗎？」
「唔～可是這個雖然看起來只是單純把模子泡進去，也還是需要一點訣竅……」
灌注少量的魔力到木模上，魔力就會跟液體結合起來，變成一層膜。
魔力灌太少會讓膜變得太薄，灌太多又會變得太厚。
等於是讓商品的品質變差。
而且蘿蕾雅也沒辦法自由操控魔力……
「啊，對了。妳可以幫我把堆在那裡的手套一個個整齊攤開，放在那邊的桌子上嗎？」
「好！」
我讓蘿蕾雅幫一點小忙，並在用掉剩下的所有液體以後去吃午餐。
我在享用完蘿蕾雅每次都煮得很好吃的料理之後，先稍稍休息了一段時間。
等手套都乾了，再全部放進鍊金爐裡面，進行最後的製程。
全部處理完再洗乾淨拿去晾乾，柔軟手套就大功告成了。

「……雖然晾乾這個步驟很麻煩就是了。現在到底做好幾雙了？」

我一邊轉動肩膀，一邊數起做好的柔軟手套，總共有六十二雙。

也就是說，我已經重複晾乾手套一千次以上了。

「唔～也難怪肩膀會痛。」

想想它因為不容易破，很難有機會花錢換新……就覺得我可能有點做太多了？

「算了，無所謂。反正安德烈先生給的訂單量就夠我賺回材料的成本了。」

剩下的就用定價放在店裡賣吧。

畢竟也可能會有新的採集家過來。

「不過還是要先晾乾，才能擺到店裡。」

我把做好的柔軟手套放到籃子裡，走到後院。

接著掛好繩子，把手套一隻隻掛到繩子上。

六十二雙，總共一百二十四隻。我本來肩膀就已經很痛了，還要掛這麼多手套其實很累。

但是蘿蕾雅正在顧店。

沒辦法找她來幫忙。

「這是……最後一隻了！呼～」

一堆手套掛在繩子上飄盪的景象……

「嗯。真的還滿詭異的。」

完全沒有晾乾環境調節布那時候的爽快感。

而且手套是淡褐色的。

「可是也只能乖乖晾乾。反正晾在後院也不會有人看到，應該沒關係吧。」

圍牆已經修理好了，所以從外面看不到我在後院晾的東西。

不會被誤會我在做奇怪的事情。

太教人放心了。

——只是昏暗後院裡飄盪的手套，還是害傍晚回來的艾莉絲小姐跟凱特小姐被嚇到大聲尖叫就是了。

◇　◇　◇

我把手套賣給安德烈先生他們一陣子過後。

採集家帶來賣的冰牙蝙蝠牙齒也一如我的預料，逐漸變多。

我讓最近進步神速的蘿蕾雅幫忙處理收購事宜，自己則是製作了兩種要賣給村民的鍊器，擺在店裡賣。

第一種是之前跟蘿蕾雅提過的「防蟲面紗」。

戴著的時候不會有蟲靠近自己附近，夏天的時候很方便。

採集家取向的防蟲鍊器要兩萬雷亞，但是防蟲面紗只要兩千八百雷亞。

有效範圍會大幅縮小，相對的，價格也變得非常便宜。

防蟲面紗需要的材料，就是我在布告欄上貼傳單寫急需的壞心蟲。

這邊也很順利。

壞心蟲的價格是看長度跟性別決定，所以採集家很容易辨別較高價的壞心蟲，蘿蕾雅要鑑價也不難。

只是「不難」跟「辨不辨得到」是兩回事。

畢竟壞心蟲是會蠕動的長條蟲。

我一開始在實習課也是很不敢碰蟲。

雖然我最後還是靠著一直在心裡默念「獎勵金、獎勵金」，硬著頭皮撐過去了！

現在的我已經可以心平氣和地抓起這種長長的蟲。

……人類真的什麼事情都有辦法習慣呢。

基於這樣的經驗，我當初有先問蘿蕾雅敢不敢碰蟲，結果她卻是回答我：「有什麼好不敢碰的嗎？」

她的說法是「要是害怕碰這種小蟲，根本沒辦法在鄉下生活」。

好像是因為連家裡不是務農的蘿蕾雅都會被叫去幫忙除蟲，以至於她根本不會怕這種無毒的小蟲。

而且她也真的就如自己說的完全不害怕，直接赤手去抓……

真不愧是在鄉下長大的小孩，厲害到快嚇死我了。

第二種要賣給村民的鍊器是「冷卻帽子」。

這是用冰牙蝙蝠的牙齒製成的鍊器，會讓上半身一直到頭頂都保持涼爽溫度。

這可說是農夫面對夏天的救世主。

只是價格比防蟲面紗貴一點，要七千雷亞。

防蟲面紗等級三就可以做，可是冷卻帽子要等級四，所以無法避免價格飆高。

七千雷亞已經是不引發各種麻煩問題的最低價格了。

絕對不是我想從中賺取暴利。

幸好村民好像不排斥這兩種鍊器，多少有賣出一點。

不過，說穿了也只是我在地獄焰灰熊那次支付給大家的熊皮錢，回到我這裡而已。

我新做的兩種鍊器應該是有讓村民的生活比較方便，可是他們只是有臨時收入才會買，沒有達到我想增加村子裡現金流動這個目的。

畢竟有緣來到這個村子，我也希望整個村子能夠發展起來，而且發展起來的話，我也會更好做生意。

一般人不容易有機會接觸鍊金術師開的店，也不太敢上門光顧。

現在因為從小在這裡長大，跟村民比較熟的蘿蕾雅會幫忙顧店，大家多少會比較願意來店裡瞧一瞧。

不過，要是來店裡卻發現沒有自己買得起的東西，之後一定就不會再來了。

我要想個好辦法維持大家上門的意願才行——

「大家可以幫我一起想想看嗎？」

團結力量大。四個人一起想，一定比一個人更能想出好方法。

我直接找蘿蕾雅她們商量這件事。

「錢……嗎？我們村子的確是不太需要現金。」

「我們也是只有去雜貨店跟旅店才會用到現金。」

「畢竟好像採集家以外的人都是用以物易物的方式交易。」

只有旅店、雜貨店跟我會用現金買村民自己種的農作物，還有賈斯帕先生獵來的獵物。

而我最近給蘿蕾雅去買東西的錢也沒怎麼變少。

因為蘿蕾雅去買的話，大家常常會多送一些東西給她，再加上凱特小姐會去森林獵一些動物回來。

雖然採集家的現金也會流入村子裡，但好像都會拿去繳稅，導致很難在村子裡留下新的現金。這是村長說的。

「「「嗯～……」」」

「想到好點子的人可以吃我前幾天買的這個有點貴的點心！」

我一把從背包裡拿出的點心放到桌上，就讓她們三個眼睛為之一亮。

「這個村子最大的問題是很少工作可以領到現金。」

「是沒錯，不過最根本的原因是村子裡沒有現金。所以一定要跟會從其他地方帶現金過來的人做生意……可是這裡只有採集家跟店長小姐會有來自村子外的現金吧。」

「是啊，妳說對了。」

凱特小姐才剛接過我遞給她的點心就立刻吃進嘴裡，臉上浮現滿足的笑容。

艾莉絲小姐見狀便開始絞盡腦汁構思新點子。

「增加跟採集家做生意的機會……多開幾間旅店跟雜貨店怎麼樣……？」

「開新的店啊……」

我一拿起點心，艾莉絲小姐就露出笑容——

「這……這樣爸爸的店會倒掉！」

「也是，整個村子裡的錢沒有變多，就沒有意義了。」

我同意連忙揮動雙手制止的蘿蕾雅提出的意見，把手上的點心拿給她。

蘿蕾雅瞬間露出開心的笑容，艾莉絲小姐則是滿臉絕望。

「不過，不會搶生意的店家應該可以吧？像是妓——咳咳。也要先想想看村民有辦法做什麼類型的生意。」

「這點子不錯。如果能賣些採集家需要的東西，的確可行。」

我再拿一個點心給凱特小姐——她剛才講一半的那個不行就是了。

我這裡還有很多點心。

直直盯著點心看的艾莉絲小姐清了清喉嚨，豎起手指說：

「唔唔！店長閣下，雖然這麼說有點直接，但是這個村子裡有最多現金，而且有辦法賺到大量來自村子外的現金的，就是店長閣下了。」

「嗯，的確。」

鍊金執照的威力真的不簡單，不枉費我以前那樣拚死命用功讀書。

「那，店長閣下親自委託新工作給村民會比較快吧？」

「……原來如此。挺有道理的。這主意不錯。」

我同意她的看法，同時遞出兩個點心，接著艾莉絲小姐就馬上拿起來吃進嘴裡。

她露出非常心滿意足的笑容。

我也順便吃了一個。

……嗯。好好吃。不枉費它這麼貴。

「可是，也只有蓋貝爾克爺爺跟吉茲德先生有能力接珊樂莎小姐的工作吧？不是專家應該很難勝任……」

「是啊。雖然蓋貝爾克先生是有僱幫手啦……」

我再拿一個點心給蘿蕾雅。

艾莉絲小姐看到我又給她點心，表情顯得有些不高興。

「……那個，店長閣下。妳給蘿蕾雅點心的標準是不是比較低啊？」

「這我也沒辦法。誰叫蘿蕾雅這麼可愛。」

「珊……珊樂莎小姐……」

我對害羞到臉頰通紅的蘿蕾雅點點頭，再給她一個。

「而且她每次煮的飯都很好吃。」
「這我倒是沒辦法否定。不過，妳這裡有村民也能做的工作嗎？」
「畢竟大多村民都是務農的……可以幫忙栽培藥草之類的？」
「那就要專業的人才能做了。栽培藥草不是外行人在工作空檔做得來的事情。」
我會在工作空檔處理藥草，但我是擁有一定藥草知識的鍊金術師。
要想個村民做得來，而且值得特地委託他們的工作。
委託沒什麼意義的工作會變成單純在施捨他們，很難拿捏分寸。
我盯著點心思考該怎麼辦，一段時間過後，蘿蕾雅忽然抬起頭來。
「話說回來，冷卻帽子的『帽子』部分是珊樂莎小姐做的吧？做帽子的工作有辦法委託給其他人嗎？像我媽媽會裁縫，應該就可以幫忙。」
「——！原來如此！畢竟加上冷卻功能之前只是普通的帽子……可是問題是有需要的村民都買得差不多了。」
我拿點心給蘿蕾雅，同時提出目前面臨的問題。
現在已經賣掉了不少冷卻帽子，應該每一家都至少有一頂了。
以它的價格來說，要每個人一頂會有點困難。
「外銷到其他地方就好了吧？」

「外銷嗎？」

「現在應該比一般價格還要低一點吧？那請達爾納先生帶去城鎮裡賣呢？」

「……嗯。這個主意好像不錯。」

再加上冷卻帽子本身就很方便外銷。

因為它很輕，又不占位子，可是單價很高。

而且一戴到頭上就能馬上感覺到效果，就算拿去賣的達爾納先生不是鍊金術師，也不會像鍊藥之類的東西那樣被懷疑是假的。

「嗯。那，應該也要重新設計過帽子的外觀。畢竟農村居民想要的帽子，跟城鎮居民想要的帽子會不一樣。在王都長大的店長閣下應該知道這一點……」

「是啊。雖然拿去其他村子賣的話，維持現在的草帽設計應該也賣得出去。」

「唔……我覺得有困難。因為鄉村的阿姨都不會特地打扮自己……」

記得蘿蕾雅第一次看到我的時候，還說我打扮很像「城市人」吧？

明明我的打扮一點都不時髦。

「我也沒有很熟哪些人通常喜歡什麼樣的造型，就先來畫些帽子的設計圖，當作參考的範本吧。凱特小姐妳們對帽子設計有什麼想法嗎？」

「唔……我對這方面沒怎麼涉獵……」

「畢竟艾莉絲對打扮沒興趣嘛……而且畫圖也不太行。」

我一問完，艾莉絲小姐就支支吾吾地回答，凱特小姐也苦笑著這麼說道。

「畫圖的部分就讓我來幫忙吧。雖然我也不是特別會畫圖，但應該至少可以表現出我想表達的設計。」

「好，那就拜託妳了。再來應該就只剩跟村長告知這件事情了。啊，剩下的妳們三個分著吃吧。」

我拿起兩個點心，立刻前往村長家。

同時聽見身後傳來一陣激烈的爭奪聲響。

「嗯，委託工作給村民啊。」

「對，村長覺得呢？」

村長好像正好閒著沒事做，馬上就帶我進到屋裡。

他對我的說明做出幾次「嗯、嗯」的回應之後，就笑著說：

「這主意還不錯。不對，這對我們村莊來說是好事。我們很缺現金，常常得跟達多利和達爾納借錢……」

尤其這個村子之前少了鍊金術店以後，採集家常常會把收集來的材料直接帶去南斯托拉格，讓村子更難有現金流入。

也因為這樣，大家好像已經不只一兩次用農作物等東西和有現金的兩個人交換用來繳稅的錢了。

「不過，村子裡的女人頂多幫忙做草帽而已喔。她們會縫紉，但是應該不知道怎麼做。」

「這部分我打算之後提供參考圖給大家。雖然得請大家在看過參考圖以後構思詳細的製作方法……但如果有需要，我還是有辦法教一點。」

「那樣應該就沒問題了吧？所以，妳需要幾頂帽子？」

「關於這個……我現在考慮用寄賣的方式。」

「寄賣？什麼意思？」

聽到村長疑惑地這麼問，我就開始解釋在來這裡的路上想到的方法。

首先要讓村民自費製造帽子，再自行訂定價格。

之後再由我幫帽子加上冷卻功能，把村民自訂的價格加上做成冷卻帽子的費用——也就是附加冷卻功能的費用，放到店裡面賣。

等帽子賣出去了，再付錢給帽子的製作者。

「畢竟有的是注重實用性的樸素帽子，有的是比較耗勞力的時髦帽子，總不能兩種都用一樣的價格放在店裡賣。」

「嗯，的確。」

「我現在考慮一頂帽子的附加效果費訂在五千雷亞。如果村民做了五百雷亞的帽子，在店裡就是賣五千五百雷亞。」

「……那帽子賣不出去，就拿不到錢了嗎？這樣不會讓村民虧錢嗎？」

「這——」

「爸爸，不是你想的那樣！」

我正打算解釋的時候，就聽見房間裡傳出一道尖銳的聲音。

我連忙看往傳出聲音的方向，就看見一名站得直挺挺的女子。

而她當然是村長的女兒，艾琳小姐。

村長好像是很年邁的時候才跟妻子生下她，所以現在才三十歲左右。

跟蘿蕾雅的母親——瑪麗女士差不多年紀。

艾琳小姐看著我，有點尷尬地向我道歉。

「啊，珊樂莎，抱歉，突然打斷你們。妳剛才說的我都聽到了。」

「沒關係，我完全不介意。」

村長是這個村子地位最高的人，房子卻意外不大。

所以一樣在家的艾琳小姐本來就有可能聽到我們說什麼，何況也不是什麼不應該讓她聽到的事情。

而且之後負責做帽子的差不多就是艾琳小姐這個年紀的村民。好像反而該讓她參與討論……？

「那個，艾琳小姐方便的話，我也想聽聽妳的意見。」

「沒問題！不過，我要先跟爸爸說清楚！」

爽快答應的艾琳小姐用銳利眼神看向自己的父親，直直指著他的臉。

「怎……怎麼了？」

「珊樂莎剛才提議的是非常、非常替我們村子著想的方法！一般不會有人願意給這麼好的條件好不好！」

「是……是嗎？」

不知道是不是女兒強烈的語氣讓村長無法反駁，他回答得很支支吾吾。

艾琳小姐再次對村長大力強調。

「對！珊樂莎，那些帽子就算賣不出去，也不會跟村民收做成冷卻帽子的錢——不會跟村民收五千雷亞，對吧？」

「對……只是，如果同一個人做的帽子有太多賣不出去，我會加上一些限制。」

萬一出現了一點虧損，我是會幫忙扛下來，但堆了太多賣不出去的存貨還是會有點困擾。

艾琳小姐點了點頭，表示了解我的用意。

「那種情況加限制很合理。不然到時候都是妳在吃虧。」

「為什麼？珊樂莎又沒有收購大家做的帽子。」

「爸爸你這個大笨蛋！做成冷卻帽子要多花五千雷亞耶！萬一帽子沒有賣出去，珊樂莎的虧損會比村民做帽子還要多好幾倍！你懂嗎？你應該沒弄懂吧！你趕快搞懂啦！」

艾琳小姐咄咄逼人的態度，讓提出疑問的村長連連點頭。

其實每次鍊製都有成功，附加冷卻功能的成本就不會到五千雷亞那麼多……但考量到還要加上我的工錢，大概算便宜了吧？

倒是我從上次地獄焰灰熊事件的時候就有點在意村長這種不太可靠的感覺了，說不定艾琳小姐平時就常常在協助村長的工作？

「珊樂莎，限制一個人可以寄賣多少帽子在店裡怎麼樣？或是規定想要寄賣別的東西，就自費買下沒有賣出去的商品。」

「我不介意訂這樣的規定。可是，村民很難自費買下來吧？」

「不。做了賣不出去的東西，就要自己扛起這個責任。而且換個角度想，這也等於是那個人可以用五千雷亞的價錢買冷卻帽子，不是嗎？」

「……的確也可以這麼解釋。前提是帽子部分要自己做。」

我同意臉上浮現淘氣笑容的艾琳小姐的看法。

艾琳小姐的腦筋果然很靈活。

靈活到我很難相信她是這個村子的人。

說得極端一點，這裡的村民只要把平常用的帽子帶來我店裡，再支付五千雷亞就可以得到一頂冷卻帽子了。

我自己做的冷卻帽子放在店裡賣要七千雷亞，整整差了兩千雷亞。

如果想要自己喜歡的造型的冷卻帽子，也可以用多出來的兩千雷亞到其他地方買好帽子拿給我就好。

「我是不會不允許這麼做，但是我希望大家不要因為自己有冷卻帽子了，就不繼續做帽子。畢竟那不是我委託這份工作的目的。」

「那當然。妳這麼做是為我們村子好吧？而且只要達爾納把冷卻帽子拿去賣，大家就可以拿到現金……珊樂莎，妳真的沒有因為我們做虧本生意嗎？」

「當然……沒有啊……」

其實算是有點踩在灰色地帶上。

冷卻帽子只賣五千雷亞太便宜了。

但是做冷卻帽子用的冰牙蝙蝠牙齒可以在村子附近弄到，再加上實際的販售價格高於五千雷亞，應該是不會有問題。

不會有人特地來叫我別破壞市場價格……希望啦。

——嗯，還是先跟達爾納先生講好去村子外面賣冷卻帽子的最低價格，以防萬一吧。

我有點支支吾吾的回答讓艾琳小姐眼中顯露擔憂，但可能是我沒有再多說什麼，她輕輕點頭，說：

「沒有的話就好……我知道了。我先問問看幾個人願不願意接這份工作。帽子做好直接拿去妳店裡就好嗎？」

「呃……對，直接拿來就可以了……」

讓艾琳小姐來決定沒關係嗎？我懷著這樣的想法看向村長。聽得心不在焉的村長一發現我的視線，就慌張地連點好幾次頭。

「就……就這麼辦吧。嗯。」

「啊，妳不用太在意我爸爸的立場。以後有什麼比較複雜的事情，直接找我談會比較快。」

她這樣說其實也是滿狠的……不過村長看起來不介意她這麼說，若無其事地拿起桌上那杯茶來喝。

村長，你真的不介意被自己女兒說成這樣嗎……？

「還有……需要的話，我這邊會準備帽子造型的設計圖，可以來我店裡拿。」

「真的嗎！哇，太好了！畢竟在這個村子裡也沒機會做都市風格的打扮。從王都來的妳一定能畫出走在時尚最前端的設計圖吧！」

艾琳小姐果然也跟一般女性一樣。

她不曉得是不是對時尚打扮有興趣，說著就朝我這裡靠了過來，雙眼充滿期待色彩。

我有點被她積極的態度嚇到，說：

「啊……嗯，我畫的設計圖可能沒辦法滿足妳的期待，不過的確是王都人民會戴的帽子。」

「我好期待喔！那我要趕快去跟大家說這件事！」

「就麻煩妳幫忙聯絡大家了。」

「好，包在我身上！我們一定能學會怎麼做時髦的帽子！」

艾琳小姐做出這番宣言，輕拍她豐滿的胸部保證一定能達成期望。

而這就是這個村莊出現地方特產的起點——我是很希望可以變成起點啦……不知道這個計畫會不會成功？

◇ ◇ ◇

我到村長——不對，正確來說是艾琳小姐？——那邊談完委託事宜一陣子過後。

冷卻帽子的計畫還滿順利的。

不過，也不是從一開始就很順遂。

不知道是不能在提交帽子之後馬上拿到錢讓大家卻步，還是大家不太懂這個計畫的運作方式，一開始只有我認識的人願意提交帽子。

也就是艾琳小姐、雜貨店的瑪麗女士、鐵匠鋪的吉美娜女士，還有隔壁鄰居耶爾茲女士四個人。

或者該說是多少有在碰金錢交易的人，還有信任我的人？

不過，這種情形很快就改善了。

因為艾琳小姐要瑪麗女士她們稍微刻意地散播「自己真的有賺到錢」的消息，讓其他村民也願意幫忙製作帽子。

成品的品質很極端，而且一開始有種不太知道該怎麼訂價格的感覺，不過最近已經能確實把品質好的價格訂比較高，品質差的訂比較低了。

達爾納先生補貨時，也會順便從我這裡帶冷卻帽子去南斯托拉格賣掉。而他原本補貨大多是補食物跟各種雜貨，現在也會買用來做帽子的布回來。

雖然不會讓我有得賺……但算是一種長期展望。

反正不會讓我虧錢，沒問題！

——就在我以為沒問題的時候。

出問題了。

那一天，蘿蕾雅不知道為什麼頭上戴著廚房用的竹筐來工作。

「珊樂莎小姐！妳看！妳覺得這個怎麼樣？」

那個竹筐比一般竹筐還小，剛剛好可以完美貼合蘿蕾雅的頭。

是卡住拿不下來了嗎？

應該不會是突然愛上這種奇怪行徑……了吧？

「蘿蕾雅，妳怎麼頭上戴一個竹筐？」

「這……這才不是竹筐！妳看清楚一點！快看！」

蘿蕾雅原本開心的表情瞬間顯露不滿，我也壓住直接把頭靠過來的蘿蕾雅的肩膀，仔細觀察她頭上的竹筐。

仔細看就發現這個竹筐有兩層，是用麥稈上下交錯編成的，有一點厚度。

「嗯？麥稈……這該不會是帽子吧？」

「對！這是我參考採集家的意見做的帽子！是要給戴頭盔的人用的。」

蘿蕾雅遞出頭上的竹筐——不對，是帽子，於是我接過帽子，看看它的正反兩面。

厚度約一公分。

蘿蕾雅用很巧妙的技巧把麥稈編成兩層，輕輕壓不會把它壓壞。

既然是特地做給戴頭盔的人用……啊，原來如此。重點是這個縫隙嗎？

空氣會經過這個縫隙，讓戴著它的人不容易覺得悶是嗎？

光是這樣就已經很實用了，如果把它弄成冷卻帽子，不難想像它會成為戴著頭盔的採集家們的夏季福音。

「這真的滿厲害的……」

「嘿嘿嘿～對吧！對吧！」

我一老實表達心裡的佩服，蘿蕾雅就很難得露出洋洋得意的表情。

不過，她這個點子跟可以把麥稈編得這麼精緻的手藝，的確都很值得誇獎。

也很值得讓她露出這麼洋洋得意的表情。

「那，這個帽子耐用嗎？」

「我有跟人借頭盔來試試看，只受到輕微的衝擊不至於壞掉。」

會讓人受傷的衝擊好像就不行了，但只有穿脫的話，好像也不會有一下子就把縫隙壓扁的問題。

「之後再另外加上讓它更耐用的效果是不是比較好？」

「原來可以加上那種效果嗎？」

「嗯。只是會多費一些工夫。」

如果要做跟《鍊金術大全》上面一模一樣的鍊器，直接照抄書上的迴路就能輕鬆做出來了。

而要自己調整就會有點難度，必須熟知每段迴路代表的意義。

一般會認為這對所有鍊金術師來說都是小事——可是實際上並不是每個人都很熟悉這部分。

因為不懂每個迴路的意義也不會拿不到學分。

雖然不可以「完全不懂」，但如果只是「無法處理複雜的迴路」，還是可以拿到學分。因為真的很缺鍊金術師。

順帶一提……我算滿了解迴路構造的。

因為不會就不可能拿到前段班的成績，所以我當初還特地請教師父，拚死命把迴路的知識學到會。

但只是要增加耐用性，也不會很困難就是了。

「話說，虧妳想得出這麼複雜的編法耶。」

「啊，這個編法我有找曾祖母幫忙。嘿嘿嘿。」

蘿蕾雅說完露出了靦腆微笑。

原來如此，是曾祖母的點子啊。

這就是人生大前輩的智慧嗎？

「我不曾見過妳的曾祖母，她住在其他地方嗎？」

「她也住在我們家，只是曾祖母的腳不好，幾乎不會出門。啊，但是她現在還很健康，會做一些坐著也能處理的工作。像媽媽拿來的帽子就有一半以上是曾祖母做的。」

「啊，難怪……」

我之前就覺得瑪麗女士明明應該很忙，虧她還有辦法做出這麼多帽子。

我以為她是因為達爾納先生會帶冷卻帽子去賣，才會特別努力，原來是有曾祖母幫忙。

「珊樂莎小姐這個計畫讓我曾祖母很高興可以靠自己賺錢。真的很謝謝妳。」

「是嗎？那也不枉費我花時間構思這個計畫了。太好了。」

「嗯！」

蘿蕾雅大概是真的很喜歡她的曾祖母，語氣聽起來非常高興。

「然後，我想問可以把這個帽子當成樣品擺在店裡嗎？因為一定要貼合頭型，在考慮要不要用量身訂做的方式……」

「喔，也對。嗯，可以啊。」

我對講得戰戰兢兢的蘿蕾雅露出微笑，同意她的提議。

畢竟要戴在頭盔底下，勢必得配合每個人的頭型來做。

而且感覺編這種帽子很費工，應該很難拜託她們每種尺寸都事先做個幾頂。

「謝謝妳。」

「比較麻煩的是已經有很多採集家有冷卻帽子了……不過也有新的採集家來，應該不會滯銷？」

「啊，對。最近有新的採集家來。」

「大概是因為地獄焰灰熊的材料跟冰牙蝙蝠的牙齒流入南斯托拉格了吧？」

這讓大家得知地獄焰灰熊已經被討伐了，再加上還有這時期需求量很高的冰牙蝙蝠牙齒流進南斯托拉格，採集家們會覺得來這個村子可以賺一筆也很合理。

雖然我還沒看到半個當時逃走的採集家回來就是了。

我懂他們不想賠上性命的心情，所以就算回來消費，我也不會對他們有差別待遇。只是畢竟我住在這個村子，看到那些人心裡還是難免會有些疙瘩。

——喀啷、喀啷。

「打擾了。」

「啊，歡迎光臨。」

我跟蘿蕾雅聊到一半，就看到今天早上第一個客人走進店門。

他應該是第一次上門，氣質有些文雅，年齡差不多二十歲左右？

體型看起來不像有特別鍛鍊過，應該不是採集家，可是穿衣風格跟村民又不一樣。算是這附近比較少見的類型……

他感覺到我狐疑的視線之後，就連忙揮了揮手說：

「啊，那……那個，我叫做格雷茲！是隔壁家的獵人賈斯帕的兒子！」

這句話讓我想起以前曾聽耶爾茲女士提過他。

「……喔喔，說沒有當獵人，去當行商的那個人嗎？」

「唔……沒……沒錯……」

格雷茲先生不知道是不是對自己去當行商有點內疚，回答得支支吾吾。

不過……他沒有選擇當獵人，或許也不能怪他？

畢竟他的體格比賈斯帕先生瘦弱太多了。

「啊，原來是格雷茲哥哥啊。我都沒發現是你。」

「妳……妳太絕情了吧，蘿蕾雅。我們以前不是還一起玩嗎……」

蘿蕾雅像是現在才想起他是誰一樣輕敲自己的手掌心，讓格雷茲先生一臉沮喪地垂下眉尾，但蘿蕾雅卻是完全不在乎，直接說：

「誰叫你離開村子好幾年了，又很少回來。你不想被人忘記的話，就要常常回來露臉啊。」

「嗚嗚……可是這個村子沒有值得進貨的東西，而且這裡有達爾納先生的雜貨店，我帶東西過來賣也賣不出去。」

「啊，你不用帶東西來賣沒關係。不然你會搶到爸爸的生意。」

「太無情了！妳明明才說要常常回來露臉，怎麼就叫我別回來！」

「我沒有叫你一定要回來啊，只是說你不回來，大家就會忘記你而已。」

嗯。的確滿無情的。

蘿蕾雅毫不留情的這些話，聽得我也不禁露出苦笑。

我猜應該是因為他們是青梅竹馬（？），才能把話說得這麼不客氣。

「所以，你為什麼跑回來了？啊，是在外面做生意失敗了嗎？你下定決心接受賈斯帕先生的嚴格訓練了嗎？」

「才不是！而且我也不是不想被老爸抓去嚴格訓練才逃走的！我只是聽到村子被魔物攻擊，才急著趕回來。」

「啊～那你遲了一步。事情老早就結束了。」

蘿蕾雅點頭說道，讓格雷茲先生嘆了口氣，垂下肩膀。

「看起來是結束了，而且也沒有什麼損害……啊，對了。」

格雷茲先生像是突然想起了什麼事情，轉過來看向我，並用非常端正的姿勢對我低頭敬禮。

「珊樂莎小姐，我聽說是因為有妳在，才能成功守住我們村子。要是沒有妳的幫忙，我的父母跟村民們一定已經沒命了。真的很謝謝妳。」

「啊，不會，畢竟我也住在這個村子裡，本來就應該幫忙。請你不用太放在心上。」

我連忙揮了揮手，要他抬起頭來。

被年紀比我大的男生這樣低頭道謝，我會有點不好意思。

「話說，格雷茲哥哥，原來你沒有忘掉我們村子啊。」

「我怎麼可能忘記。妳都不知道我聽到消息的時候有多震驚。我嚇到直接用最快速度趕回來耶。」

他不曉得是擔心整個村子，還是純粹擔心父母。雖然看起來有點不可靠，但他既然都不顧危險跑回來了，應該不是什麼壞人。

——不過，蘿蕾雅對他的態度還是很苛刻。

「你根本、完全——就沒有趕上。」

「唔……」

「而且就算你趕上了，大概也幫不上什麼忙……」

「我知道！因為我又不像爸爸那麼厲害！」

真的是毫不客氣。

跟蘿蕾雅平常對我的態度截然不同。

格雷茲先生眼睛都泛出一點點淚水了。

他這樣實在是有點可憐，於是我帶著苦笑把手放到蘿蕾雅肩膀上。

「好啦好啦。他是因為很擔心村子才特地趕回來，就別對他這麼凶了。」

「是沒錯啦……」

蘿蕾雅看起來好像還想說什麼，但我微笑著對她搖搖頭，她就小小吐了一口氣，收起臉上的不悅。

「所以，格雷茲哥哥來店裡只是想跟珊樂莎小姐道謝嗎？」

「我最主要是來跟她道謝沒錯，另外就是我媽跟我說，珊樂莎小姐店裡搞不好有值得我進貨的好東西……」

格雷茲先生不知道是不是覺得才說是來道謝就要順便談生意很過意不去，視線顯得不太自在，不斷游移。

不過，實際上想要找一些貨帶出去賣，也只能來我店裡。

畢竟農作物都交給達爾納先生去賣了，村子裡也沒有其他特產。

「畢竟你是行商，你不用覺得不好意思。」

「謝謝。其實我花了不少錢趕回來，手頭有點緊……」

行商突然改變行程難免會多點開銷。

我父母以前也是當商人的，所以我多少能理解他的狀況。

看格雷茲先生笑得這麼傷腦筋，我忍不住有點同情他。

「我想想，你把我這邊的材料帶去南斯托拉格賣是還可以賺點利潤……不過比較實在的做法還是進一些那邊的冷卻帽子，再拿到農村之類的地方賣吧。」

「冷卻帽子嗎？這個時節的確很好賣，但是利潤……奇怪？這個是不是有點太便宜了？」

格雷茲先生狐疑地看向我指著的櫃子，在看到上頭的標價後又更顯疑惑。

「這個價格比這個時節的市場價格便宜了三成。就算加上運送成本跟一點利潤，也還是會比市場價格便宜一點，應該會很好賣吧？」

鍊金術師以外的人想要賣鍊金材料，又想做正當生意，差不多就是運送成本便宜一點的話，還不至於虧本。但說穿了，就是利潤非常少。

不過，如果是用一般定價賣這些冷卻帽子，就可以賺到不少利潤。

而且也可以給一定程度以下的折扣，不用太擔心滯銷。

「我……我真的可以進這些帽子去賣嗎？這樣妳會很虧吧……」

「雖然賺不到多少利潤，但也不至於虧本，所以你不用擔心。」

「那，請務必讓我經手這筆生意！」

「等一下，你想要跟爸爸搶生意嗎？」

蘿蕾雅的銳利視線再次扎向興高采烈的格雷茲先生。

格雷茲先生連忙對蘿蕾雅揮揮手，表示不是想搶生意。

「不……不會啦！我不是要把帽子帶去南斯托拉格賣！別擔心！」

「好吧，那勉強可以……」

蘿蕾雅雖然還是有點不滿，卻也沒有繼續爭下去。

只是以南斯托拉格的城市規模來看，商圈應該會跟周遭的村子重疊，沒有辦法肯定完全不會搶到生意……但現在還是以全村的利益為優先，請她先忍一下吧。

「不過，現在存貨只有櫃子上那些。因為帽子是村民幫忙做的——」

我接著開始解釋寄賣的機制，而平常就在經商的格雷茲先生也理解得很快，用佩服的語氣點頭說道：

「原來如此，這方法真不錯。這樣村民也會努力做帽子……好！就包在我身上吧！」

懷著自信宣言的格雷茲先生馬上就表現了他經商的手腕。

他一離開我店裡，就立刻展開行動。

格雷茲先生發揮他在這個村子長大的優勢，直接造訪每戶人家，委託大家幫忙製作帽子。

他會用現金買下做好的帽子，再一起帶來我這裡。

而且他委託的時候似乎也有講明自己需要什麼樣的帽子，比較少城鎮居民偏好的時髦帽子。

他要的大多是在農村地帶比較好賣的，也就是比較重視實用性又便宜的帽子。

我原本不太想收購這裡的居民以外的人買來的帽子，但他是耶爾茲女士的兒子，帽子也是村民自己做的。

再加上我們想增加村裡現金的目的一致，所以我決定跟他合作。

也允許目前現金不夠的他可以先付一半的錢就好，剩下的之後再付。

其實金額不小，我會允許他不用一次付清完全是看在他是耶爾茲女士兒子的份上，而不是信任他本人。

得以買到不少冷卻帽子的格雷茲先生在村子裡滯留一段時間以後，就心滿意足地帶著那些貨出去做生意了。

蘿蕾雅抱怨我對他太好了，可是格雷茲先生畢竟是會帶現金來村子裡的重要人才。

給他一點點特別待遇應該不過分吧？

◇　◇　◇

現在已經快要正式進入夏天，「冷卻帽子特產化計畫」也很順利。

達爾納先生帶去南斯托拉格賣的帽子已經全數賣光，格雷茲先生也付清當時先欠著的一半款項了。

他在那之後也來補貨好幾次，大概是真的很好賣吧。

而蘿蕾雅的竹笠——不對，構造比較特殊的帽子也比原本預料的更受採集家喜愛。

因為這種帽子可以讓原本悶熱至極的頭盔涼快很多，銷量奇佳無比。

由於這種帽子會額外加上增加耐用性和防水性之類的效果，讓我有點高興利潤也跟著變多。

我本來以為蘿蕾雅應該靠這些帽子賺了不少錢，但其實絕大多數都是她的曾祖母做的。

她的曾祖母都待在家，時間比較多，而且用麥稈編帽子的速度也比蘿蕾雅快上許多。

這讓蘿蕾雅不是藉著工作，而是藉著帽子拿到了很多零用錢，也讓她顯露摻雜著喜悅跟遺憾的複雜表情。

不過，這樣的盛況也只維持到會戴頭盔的採集家都買好帽子。

一陣子過後，就回到了原本的情況。

如果沒有人刻意模仿製作這款帽子，大概還會有其他城鎮的採集家特地來這個村子購買，只是我認為很難。

不過，現在村子裡的現金的確開始慢慢變多了。

雖然這個村子還遠遠稱不上「富裕」，也應該已經踏出第一步了？

而等於是半個村民的格雷茲先生似乎也賺了不少。

某天，格雷茲先生來跟我討論一件事情。

「你想送些禮物報答耶爾茲女士他們——是嗎？」
「對。畢竟我離開村子，也讓我父母添了不少麻煩……」
他想報答父母的體貼話語，讓在旁邊聽的蘿蕾雅驚訝得睜大雙眼。
「那個以只顧玩樂出名的格雷茲哥哥竟然想要報恩！」
「咦！原來很多人覺得我只顧著玩嗎？」
格雷茲先生大概是第一次聽說自己被認為「只顧玩樂」，不禁發出驚呼。蘿蕾雅無情地表示強烈肯定。
「嗯。因為你離開自己從小住到大的村子都不回來。看起來也沒有寄一些錢回來孝敬父母。所以村子裡的大家普遍認為你只顧在外玩樂，跟你結婚一定沒有好下場。」
「怎麼會～～！那我到處拜託大家做帽子的時候，會覺得他們的眼神莫名有點溫暖跟溫柔，該不會就是……」
「我猜應該是難得看一個沒出息的人這麼努力，才會想多少幫你一下吧。」
「嗚，我還以為是自己交涉的技巧很好……」
格雷茲先生一聽到蘿蕾雅講出意外的真相，就沮喪地垂下頭來。
不過，他是真的成功讓不少人願意幫忙。

就算已經有艾琳小姐這樣的前例讓村民比較願意出力，再加上還有會先付錢的優勢，也不可否認他有激發大家同情心的特質……嗯，好像有點讓人高興不起來。

這種只會在這個村子裡發揮的特質，不會對他做生意有幫助。

而且搞不好大家並不是同情格雷茲先生，而是同情有他這種兒子的賈斯帕先生跟耶爾茲女士……？

畢竟上次村子被攻擊的時候，也看得出賈斯帕先生很受大家愛戴。

只是我也沒必要多說這番話來打擊他。

「是出於同情又有什麼關係呢？反正你終究還是賺到錢了。賺得到錢就是贏家——就某方面來說，這也是一種真理喔。」

「說……說得也是！我有賺到錢。我是贏家！」

我的安慰讓格雷茲先生稍稍振作了起來。

可是，有一個人又潑了他一次冷水。

「雖然你會成功也是因為耶爾茲女士的人脈廣，還有珊樂莎小姐用她寬大的心胸幫你啦～」

「嗚嗚……」

「蘿蕾雅……」

蘿蕾雅對格雷茲先生的態度總是多少帶點刺。

說不定是心裡對某方面來說很像拋下村子出走的格雷茲先生有些芥蒂。
啊，還是蘿蕾雅其實對以前是鄰家大哥哥的格雷茲先生懷著淡淡的情愫？
因為喜歡他才對他更不客氣之類的……？
「……？珊樂莎小姐，怎麼了嗎？」
「啊，沒有。沒事。」
嗯，不是。
蘿蕾雅看著格雷茲先生的眼神沒有半點戀愛情感。
反倒比較像是看著沒出息的人。
「話說回來，你是想報恩對吧？我想想，我個人推薦肥料製造機『豐穰』。」
「肥料製造機？可是我父母幾乎不會碰農務……」
「不不不，重點在於放進豐穰裡面的東西。」
豐穰是可以把放進去的材料加工成肥料的鍊器。
它能把枯葉、枯樹或廚餘等東西做成品質很好的肥料。
而賈斯帕先生是獵人。
他肢解完獵回來的獵物之後，一定會剩下很多用不到的部位。
那些剩下的部分事後處理起來意外麻煩。

因為放久了會腐爛掉，就得挖洞埋起來，或是丟去不會妨礙生活的地方。相對的，有豐穰這個鍊器，就可以把不要的部分直接丟進去就好。做出來的肥料也能拿去賣點零用錢。

比較麻煩的是它運作起來需要消耗的魔力稍微偏多，但反正賈斯帕先生就住我家旁邊，萬一真的魔力不夠，我親自過去幫他就好。

「我認為獵人有這個鍊器是百利而無一害喔。」

——我絕對不是想趁這個機會推銷還沒做過的鍊器。

而且格雷茲先生也很認同我的說法，沒有任何爭議。

「原來如此，聽起來很不錯呢。我以前也曾被迫幫忙處理獵物的內臟。我不想當獵人有一部分也是因為這樣……」

「喔喔，從小就被迫處理獵物的話……我懂你的心情。」

小時候看到生物的頭顱跟滴血的內臟，很容易變成心靈創傷。

有些人是可以習慣，相反的，應該也有些人會反過來變得完全無法適應。

格雷茲先生可能就是變得完全無法適應，才會選擇去當行商。

「對了，妳說的豐穰大概多少錢？」

「要看大小跟魔力效率。可以一次處理很多，消耗魔力也比較少的會貴一點。最低也要十二萬雷亞起跳。」

「……還滿貴的耶。」

「畢竟是鍊器嘛。不過，你賺的錢應該夠買下它吧？」

「的確不是付不出來，只是買下去就沒有資金經商了……我會更努力賺錢，珊樂莎小姐，可以用預約的方式跟妳買嗎？」

「好，我就接下你的訂單了。我會先準備好需要的材料。」

我本來就打算過陣子就來做，大多材料都已經湊齊了，只是現有的材料只夠做家用尺寸。

要是賈斯帕先生獵了大隻的獵物回來，就太小了。

我就再多收集一些材料，讓它大到至少可以處理一頭熊剩下的部位好了。

「格雷茲哥哥要孝順父母……那我是不是也該做點什麼回報爸爸媽媽？」

「妳不用急，畢竟我的年紀幾乎是妳的兩倍。」

格雷茲先生看到蘿蕾雅認真思考起來便嘴角一垮，似乎有點不服氣。

「可是你是『只顧玩樂的敗家子』耶。」

「我想去除大家對我的這個印象啦！這下我無論如何都要送爸爸他們一台豐穰了。要是可以讓大家都分到一點肥料，一定就會對我改觀……」

從蘿蕾雅這個世代也徹底認為他是敗家子這一點來看，他這個印象在村民心裡應該已經根深柢固了。
反正等賈斯帕先生開始賣肥料，格雷茲送他們一台豐穰的消息應該也會傳開來，或許是真的會讓他的地位變得比以往高？
能不能光靠這份禮物去除「敗家子」的印象就不知道了。
「孝順父母……蘿蕾雅這個年紀應該還不用想這個，只是世事難料，會不會來不及的確很難說……」
我在蘿蕾雅這個年紀的時候，父母早就都不在了。
在還能報答父母的時候付諸行動，的確不是壞主意——不對，應該說非常建議這麼做。
「珊樂莎小姐有幫父母——啊，對不起……」
「沒關係。不過，我也聽過一些人說等可以工作賺錢，就會送禮物給父母。」
我對講到一半就向我道歉的蘿蕾雅搖搖頭，要她別放在心上。
而且我也會送一些錢回去孤兒院報答他們——雖然也不是把他們當成親生父母就是了。
啊，順帶一提，我有寫信給師父說「請幫我適度調整給孤兒院的捐款金額」。是上次從南斯托拉格回來之後寫的。
我能賺的錢還不多，但是交給經驗豐富的師父幫我處理，就不需要擔心了。
「倒是我這裡也有很推薦給達爾納先生用的錬器喔。」

「是什麼樣的鍊器？」

「呃，是一個叫『滑順順』的鍊器。」

「——什麼？」

「就……就是滑……滑順順……」

蘿蕾雅一臉正經地重新問過，讓我又泛紅著臉頰說了一次它的名字。

「是……是喔。滑順順……？」

「它的正式名稱真的就叫這個名字。然後它是裝在馬車的輪軸上的鍊器，會讓馬車的速度輕快很多。」

聽說會變得像整車行李只剩下一半重量。

還有本來兩匹馬才拉得動的馬車會變成一匹馬就拉得動，或是大幅縮短整趟行程的時間。

不少會用到馬車的人都很喜歡這種鍊器。

缺點是要定期保養，才不會很容易壞。

「定期保養應該是沒問題……不過，它的名字還真特別。」

「是啊。其實滿多鍊器的名字都挺奇妙的。」

基本上都是由發明該鍊器的鍊金術師自己取名。

大多人取名邏輯很單純，會直接用它的功能來取。

像是抑臭藥，還有魔導爐。

因為光聽名字就能知道效果，也讓其他鍊金術師比較方便。

柔軟手套也很接近這種取名邏輯，只是它除了很柔軟以外，還比一般手套堅韌很多。堅韌也是它的一大特色，所以它的名字沒有講明它的所有功能。

如果取成「柔軟耐割手套」可能會更清楚一點。

不過，這種還算好的。

麻煩的是會有奇怪堅持的人，或是靠直覺取名的人。

他們大概是想取個自己覺得很好聽的名字，可是大多會讓人沒辦法從名字看出它是什麼樣的鍊器。

幸好這種人身邊如果有比較有常識的人在，就會幫忙修改名字，或是弄成像「肥料製造機『豐穰』」那樣，在名字裡加上簡單明瞭的解說。

相對的，沒有人幫忙改良名字，就會造成很多人的困擾。

對，就像現在講的「滑順順」。

「雖然比豐穰便宜，但是以蘿蕾雅現在的薪水應該還買不起。」

「這樣啊……那我要更努力工作才行了。爸爸有這種鍊器可以用的話，工作上應該會輕鬆很多。」

「嗯，畢竟聽說效果真的很好。」

達爾納先生應該也藉著冷卻帽子賺了不少錢，直接問他要不要買也是可以……可是蘿蕾雅想要自己買下來送他，還是不要多管閒事吧。

「好，蘿蕾雅，我們就來比賽誰可以先買下送給父母的禮物吧！」

格雷茲先生面帶微笑地說完，蘿蕾雅就對他投以有點冷淡的眼神，笑著說：

「格雷茲哥哥，你不覺得跟一個年紀只有自己一半的小孩子比賺錢很丟臉嗎？」

「呃！」

她說得非常有道理。

格雷茲先生果然是個有點少根筋的人。

明明長相還算不錯。

「不過，我是不介意跟格雷茲哥哥比誰比較快買到禮物。你小心別太鬆懈被我超過喔。」

「呃……好。我會努力……」

真搞不懂誰才是比較年長的那一邊。

讓我稍稍冒出這種想法的格雷茲先生沮喪地垂下了頭。

◇ ◇ ◇

季節正式進入夏天。

冷藏櫃跟冷凍櫃的外框在連待在室內都會開始覺得熱的時候送來了。

蓋貝爾克先生乍看很難得動作偏慢，但其實是因為先前訂的木材等了一段時間才到貨。

木材到貨之後，他再次發揮了一如以往的高效率。

而且成品看不出任何沒對準的接縫，跟設計圖如出一轍。

「他的手藝真的太完美了。我這邊根本不需要做調整……」

我本來以為事先做好的隔熱材跟冷卻核可能要看狀況做調整，結果居然可以直接安裝進去。

再來只要把整個成品加上防水效果，放到廚房就大功告成了。

「先來確認能不能正常運作。冷藏櫃沒問題……冷凍櫃用來做點冰塊吧。」

因為比原本預料得更快處理完，於是我打算利用多出來的時間做些點心來吃。

「切開果乾，再加一點砂糖跟水……」

用鍋子煮到整鍋開始有黏稠感之後，就會傳出一股甜味。

蘿蕾雅不曉得是不是聞到了這股甜味，探頭看往廚房裡面。

「珊樂莎小姐……？我聞到一種好香的味道……」
「嗯，因為冷凍櫃做好了，想說弄些點心來吃。妳要吃嗎？」
「我也可以吃嗎？好啊！」
我側眼看著蘿蕾雅高興地過來桌子前面，同時打開冷凍櫃。
「……嗯，都有正常結凍。」
我右手拿著拿出來的冰塊，左手拿著深一點的盤子——
喀咻！唰唰唰……
冰塊化成粉末，在盤子上堆成一座小山。
「——！珊……珊樂莎小姐！妳怎麼辦到的？」
「這個嗎？這是魔法。是師父教我的。」
這是一種把冰塊削成一樣大小的小碎屑的魔法。
因為需要很纖細的魔力操控技巧，所以以前一到夏天，師父就常常用「讓我練習魔法」的名義，逼我削冰塊。
不過，我的技術還遠遠比不上師父，口感跟師父削的冰塊不一樣。
「再來只要在上面淋上糖漿……就是刨冰了！來，妳吃吃看。」
「那……那我開動了……好冰！而且好甜！我第一次吃到這種食物！」

蘿蕾雅吃了一口就驚訝得睜大雙眼，臉上迅速充滿喜悅神色。

畢竟一般人沒有機會吃到這種冰冰涼涼的點心。

「……啊，對了，蘿蕾雅。刨冰這種東西一口氣吃光會特別好吃喔。」

「咦？可是吃太快很可惜耶……」

「沒關係、沒關係，我還可以再弄給妳吃。反正冰塊想做多少都不是問題。妳試試看嘛。」

蘿蕾雅很捨不得地看著刨冰，而我則是笑著要她放心嘗試。

「是嗎？那我就不客氣了……」

我笑容滿面地在一旁看著蘿蕾雅大口吃起刨冰。

「——！唔唔～！頭……頭好痛！痛死我了！」

「嗯，對啊。不知道為什麼冰的東西吃太快，頭就會很痛。」

我一邊看著蘿蕾雅痛到抱頭轉圈的模樣，一邊表示自己知道會有這種現象。

我小時候沒有吃冰的機會，從來不知道會這樣。

一直到師父「教我」，我才知道。

「珊樂莎小姐！」

「哎呀，我只是怕妳在我不在的時候吃冰吃到頭痛，萬一誤以為是自己生重病就太可憐了。

這是很普通的現象，妳不用擔心是生病。」

我對一臉錯愕，還瞪大了雙眼的蘿蕾雅說明自己為什麼要這麼做。

我絕對不是單純想捉弄她而已，嗯……

「——唔～……啊，不痛了。」

「對，過一段時間就不會痛了。妳慢慢吃就不會出現這種現象。」

「唔唔～真的好痛。妳早點說嘛……」

我把視線微微移開有點忿忿不平的蘿蕾雅身上，回答：

「我只是覺得讓妳體驗過一次也是好事。一般人很難有這種經驗喔。」

「或許是很少有機會體驗啦……算了，沒關係。看在這種點心很好吃的份上，我就不追究了。」

她說著就遞出盤子要再吃一盤，於是我苦笑著削碎冰塊，再幫她淋上一大片糖漿。

「不要吃太多喔。吃太多會弄壞肚子。」

「好……嗯～冰冰涼涼的真的好好吃！」

可能是因為不曾有機會吃到，蘿蕾雅吃得非常開心。我應該吃一盤就夠了。

「總之，我們先去店裡面吧。太久沒人在店裡也不太好。」

「啊，說得也是！」

我跟手上拿著刨冰的蘿蕾雅一起走去店裡。

店面部分是面向南方，室溫稍微高了一點，但還是比外面涼爽很多。
因為我家有放可以讓整間房子降溫的冷風機。
——其實原本只要做足以讓一個房間降溫的尺寸就夠了。
因為《鍊金術大全》裡面的鍊器我只需要有實際做過就好。
但反正我這裡有很多品質很好的冰牙蝙蝠牙齒，就忍不住做了效果比較好的冷風機。
雖然讓室內變得很涼爽會少了一些品嚐刨冰的樂趣，可是也沒道理只為了刨冰就放棄更好的選擇。
吃完刨冰的我，一邊看著吃刨冰的蘿蕾雅（她這次有慢慢吃），一邊休息。不久，艾莉絲小姐跟凱特小姐也剛好在可以看到刨冰這種好料的時候回來了。
「店長小姐，我們回來了。」
「店長閣下，我們回來了……呼，這裡真的好涼快。」
兩人擦拭額頭上的汗水，大口深呼吸。
接著視線停留在蘿蕾雅手上的那盤刨冰。
「哦？蘿蕾雅，那是什麼？」
「是珊樂莎小姐用冰塊做的點心。吃起來冰冰甜甜的，很好吃喔。」
「是喔，聽起來滿不錯的嘛。」

「嗯，感覺很適合天氣熱的時候吃。」
「……好好好，妳們也想吃對不對？我弄給妳們吃。」
就算她們沒有明講，我還是能從視線中感覺到她們想要說什麼。
我離開座位，到廚房準備刨冰。
「啊，艾莉絲小姐，凱特小姐，妳們知道嗎？這種點心一口氣吃完會特別好吃喔！」
我聽見背後傳來蘿蕾雅這番話，做起大盤的刨冰。
之後艾莉絲小姐當然是痛到忍不住抱頭掙扎。

「……呼，總算不痛了。妳們還真過分耶。」
「我剛剛也是這樣中了珊樂莎小姐的計。」
艾莉絲小姐對調皮地吐出舌頭的蘿蕾雅露出苦笑，接著對我說：
「店長閣下也沒阻止我。」
「畢竟難得有機會體驗一下嘛。」
「正常的確很難有這種機會——而且凱特妳為什麼知道會出事，還不跟我說？」
「有仔細看蘿蕾雅跟店長小姐的表情就知道一定有玄機啊。」
其實凱特小姐在艾莉絲小姐開始吃之前都沒有動刨冰，而是帶著滿面笑容等待她的反應。

而且完全沒有提醒艾莉絲小姐事情可能不單純。

其實還滿壞的。

「只是這種點心好吃歸好吃，吃完倒是會覺得身體有點冷。」

「尤其這裡還很涼快。這裡不只東西好吃，晚上待起來還很舒服，我看以後都要沒辦法適應旅店的環境了。」

「我也會有點不想太早回家裡。不過我睡覺的時候有珊樂莎小姐用環境調節布做的被子可以蓋，還算滿舒適的。」

「那種被子的效果真的很厲害。一般不蓋被子會比較涼，它卻是蓋了比不蓋還要涼。我們真的可以免費用那麼高級的東西嗎？」

「當然可以……而且只有我用高級的東西，我也會很過意不去。」

「不，店長閣下妳不需要覺得過意不去！畢竟我們是借住在妳這裡。」

「沒關係，妳們真的不用放在心上。」

原本做來給訪客用的床跟寢具已經完全變成她們兩個專用的了。

不過，我也不忍心現在才要她們不准用那些寢具。

我們現在住在同個屋簷下，我總不能在她們兩個討論「昨天晚上好熱好難睡喔」的時候，說「我昨天晚上睡得很舒服耶」這樣吧。

所以，我已經另外做好新的兩套寢具跟床了。
就算師父突然跑過來，或是蘿蕾雅想要在這裡過夜，都不用怕沒地方給她們睡。
毫無破綻。
「雖然店裡很涼快是好事，可是也出現了一些問題。」
蘿蕾雅有點傷腦筋地說道，讓我感到疑問。
「是嗎？我沒聽到有人抱怨……」
「嗯。因為有些採集家賣完或買完東西了，還是會繼續窩在店裡不走——」
「喔，妳說的該不會是我吧？」
簡直像是刻意算準時機走進店裡的來客是安德烈先生。
他是我店裡的常客，而且幾乎天天來，就某方面來說也是可以解釋成他經常來這裡乘涼。
「哎呀，安德烈先生。原來你有自覺嗎？」
「當然……有啊！」
居然承認了！
「蘿蕾雅，是真的嗎？」
「安德烈先生還算好的。」
喔喔，所以只是還算好的而已，但是沒辦法否認他沒有故意來乘涼。

「給他冰水喝，他就會乖乖離開了。來，你的水。」

「喔，謝啦——咕嚕咕嚕……噗哈——！這個時節喝冰的東西就是爽啊！」

雖說是「冰的」，卻也不是在冷藏櫃裡面冰過的水。

只是單純放在被冷風機吹涼的室內，跟外面的水比起來相對冰涼而已。

不過，也剛好是很適合一口喝光的溫度。

蘿蕾雅從一口喝光水的安德烈先生手上接過杯子之後，就指向出口。

「是喔。那，麻煩你沒事了就直接出去吧。」

「好！啊，不對！我還有事情要找妳們。」

「哎呀，說得也是。那你今天來我們店裡有什麼事呢？」

「我要先麻煩妳收購我今天的成果。還要買鍊藥——」

「好。」

大概是因為已經習慣了，蘿蕾雅非常迅速地處理好安德烈先生的要求。

明明才請她來當店員沒幾個月，工作就已經這麼有效率，還學得很快。

雖然這樣說不太好聽，但我真的有種「竟然可以在這種鄉下小村落裡面找到蘿蕾雅這麼厲害的人才！」的感覺。我很慶幸有請她來當我這裡的店員！

「——全部就這些了，對嗎？」

「對。我今天採集來的就這些。」
「這樣啊。那歡迎你下次再來。」
「好……等等，不對啦！我今天還有其他事情要談！」
「是嗎？不是單純想來乘涼而已？」
「不是。這裡這麼涼是真的滿舒服的——可以讓我們住的旅店也這麼涼嗎？」
「這就要麻煩你跟狄拉露女士討論了。只是這種鍊器不便宜，他們應該不太可能買。」
我也是很希望他們願意買啦，可是他們前陣子才剛跟我買魔導爐。
不論是要每個房間都放一個，還是直接放一個可以吹涼整棟建築物的，都得花上一大筆錢。
而且它消耗的魔力一般人負荷不起，會需要魔晶石或冰牙蝙蝠的牙齒等替代品來維持運作。
再加上它不像魔導爐一整年都會用到，會用到的時間不到半年。
除非出現其他新開的旅店來搶生意，不然他們會買的可能性應該很低。
「那，安德烈先生想談什麼事情？是想訂做什麼嗎？」
「不對，不是要訂做東西……」
我一問完，安德烈先生就回答得有點支支吾吾的，同時把視線移到艾莉絲小姐身上。
艾莉絲小姐在注意到他的視線之後點點頭，說：
「剩下的交給我說吧——店長閣下，妳知道最近待在村子裡的那個商人嗎？」

「應該不是說格雷茲先生吧？那我就不知道了。」

「是一個比他還要年長很多，身材微胖的商人。」

「他從前陣子就租房子待在這裡了。而且好像滿有錢的，還帶了幾個傭人過來。」

「這樣啊。那他應該不是行商吧。所以他怎麼了嗎？」

行商正如其名，是會造訪許多城鎮跟村落的商人。

至少我是沒聽過哪個行商的身材很胖。

如果是掌管大規模商隊的商人搞不好還很難說，但我認為不太可能會有那樣的商隊在這一帶往來。

「其實，那個商人正在大量收購冰牙蝙蝠的牙齒。還說會用比店長高三成的價格收購。」

「是嗎？我第一次聽說。」

「啊，最近比較少人來賣冰牙蝙蝠的牙齒，該不會就是因為那個商人吧……？」

驚覺不對勁的蘿蕾雅抬起頭這麼說，凱特小姐也表示她的猜測應該八九不離十。

「大概就是因為他故意高價收購吧。」

「這麼說來，我也感覺冰牙蝙蝠牙齒的存貨變少了。」

如果進貨量完全歸零，我可能就會發現不太對勁，但是艾莉絲小姐她們都會帶冰牙蝙蝠的牙齒回來換錢，安德烈先生他們也會拿來賣。

因為有品質好的高齡牙齒穩定進貨，讓製作冷卻帽子的時候需要消耗的量並不算多，就算存貨稍微變少一點，也不會覺得不放心。

我還以為新來的採集家變多，存貨卻沒有跟著增加，只是單純他們沒有去採集冰牙蝙蝠的牙齒，或是拿去南斯托拉格賣了。看來是拿去賣給其他人，沒有拿來我這裡而已。

「店長閣下，妳怎麼這麼沒有緊張感……」

「店長小姐，妳繼續放任那個商人收購沒關係嗎？價格差到三成，就不會有人拿來這裡賣了。不想點辦法是不是不太妙？」

艾莉絲小姐她們對我看起來不怎麼在乎的態度顯得很困惑──

「我是很在意收購價是不是真的高三成，但不太在乎有別人跟我搶。」

我想做的錬器已經做好了。

牙齒的存貨也還夠用，還能再穩定製造冷卻帽子一段時間，而且我能從中獲取的利益本來就是少之又少。

就算沒有材料繼續做也沒差──我自己是沒差啦。

只是需要我提供冷卻帽子貨源的格雷茲先生跟達爾納先生會很困擾，村民也會不能藉著做帽子賺錢。

雖然大家以前沒有這筆收入也能過生活，應該是沒什麼影響……只是大家不會樂見曾經擁有的收入就這麼消失，我也不想眼睜睜看著自己努力想出來的機制被毀掉。

「冰牙蝙蝠的牙齒一般人也能看出品質好壞，保存期限也很長……」

「畢竟連我都學會怎麼鑑定了。」

「嗯。可是妳本來就很聰明，也學得很快。」

「謝謝妳的誇獎。」

我一邊看著開心道謝的蘿蕾雅，一邊心想。

要多花三成的錢收購仔細看就可以看出值多少錢的鍊金材料，並不是不可能。

不過，用這種價錢收購有沒有利潤可圖，又是另一個問題了。

我的收購價會比王都便宜，是因為我在離產地近的地方收購。要是用一般的方式運到王都，就會剛好是不確定有沒有利潤的尷尬價格。

如果再用高三成的價錢收購……就算收購的是可以自己把牙齒加工成商品，還可以添加額外效果的鍊金術師，也不一定有得賺。

商人就更不用說了，用這種價格收購再拿去賣給鍊金術師，一定會虧錢。

而且冰牙蝙蝠的牙齒產地不只有這個村莊附近，所以也不可能用操控市場價格這種幾乎踩在紅線上的做法。

他到底為什麼會想用這麼高的價格收購？

「……總之，就先調查看看他是不是真的用高三成的價格收購吧。艾莉絲小姐，我等等拿已經鑑定好的牙齒給妳，妳可以拿去賣給他看看嗎？」

「好，沒問題。」

「謝謝。安德烈先生想談的也是這件事嗎？」

「嗯，對。在這裡待比較久的採集家因為一直以來都很受妳照顧，還是會拿來妳這裡賣，只是我很擔心妳會不會很在乎被人搶生意。」

「謝謝你的關心。」

原來這就是為什麼明明有人願意用更高價收購，卻還是有人拿來我店裡賣。

做生意果然很需要建立良好的人際關係。

「不過，如果那個商人真的是用更好的價錢收購，我也不會介意安德烈先生把牙齒拿去賣給他。艾莉絲小姐妳們也可以拿去給他。反正我真的需要的時候，還是可以自己去收集牙齒。」

「畢竟妳是真的有能力自己去收集嘛。而且妳搞不好一個人可以弄到的量，就比村子裡所有採集家一起去收集還要多了。」

「只是也要有人願意幫我搬回來就是了。」

就算我可以用體能強化，一次能帶的量也還是有限。

主要是皮袋會被撐破，還有我長得太嬌小。

「好。需要的話記得跟我們說一聲。還有，我可以跟在這裡待很久的採集家們說妳不介意拿去給那個商人收購嗎？」

「嗯，當然可以。你們多賺一點，再把賺的錢都拿來村子裡消費的話，我也沒道理制止你們。到時候也順便來我這裡光顧一下喔。」

「好！妳不用擔心，我們跟新來的天天都在餐廳裡大喝特喝呢。」

「記得爸爸說最近有進比較貴的酒。好像是租房子住的人變多了，下酒菜也變得很好賣。」

最近這個村子掀起了一陣冰牙蝙蝠牙齒熱潮。

由於只要能夠忍耐惡臭，就可以輕易採集到冰牙蝙蝠的牙齒，再加上賣價相對高昂，聽說有不少採集家用錢變得比較揮霍。

而狄拉露女士的旅店早已被這些採集家占滿了，連餐廳裡也是人山人海。

這似乎也讓很難搶到位子的採集家們都跑去租來的房子裡喝酒。

我也順著這波熱潮賣起抑臭藥跟柔軟手套，手套的銷量還不錯，鍊藥就賣得不怎麼樣了。

大概是因為手套可以直接增加安全性，惡臭還可以用忍的。

而且抑臭藥不只是消耗品，價格還有點貴。

「話說，幸好有聽蘿蕾雅的話把廚房整修好。謝謝妳。」

「畢竟店長小姐跟蘿蕾雅應該不太想走進現在的餐廳裡面。」

「我們也是因為這裡的廚房整修好了，才可以在這裡吃飯。蘿蕾雅，真的很謝謝妳。」

「不會不會，我自己也是煮飯煮得很開心！」

蘿蕾雅聽到我們對她的感謝，就靦腆地搖了搖頭。

「現在的餐廳的確是會讓女人不太想進去。」

「出入的人還是難免變得比較複雜嗎？」

「是啊。有滿多新來的採集家想靠冰牙蝙蝠的牙齒輕鬆賺錢，可是有些人會沒事先調查就去洞窟裡面。所以就有白痴會弄得滿身臭味跑到餐廳裡去。」

安德烈先生皺起眉頭抱怨。

「哇……那就算餐廳裡沒有人擠人，也不是很想去了。」

「不過狄拉露會把那些白痴趕出去，再潑他們水。還會說『不把臭味弄掉就不准給我回來！』呢。」

真不愧是狄拉露女士，下手毫不留情。

現在天氣很熱，應該是不會被水潑到感冒……可是他們姑且也是客人吧？

「但就算有做好準備才去洞窟裡面，還是難免會沾到一點點味道，所以現在的餐廳真的是……」

安德烈先生深深嘆了口氣，艾莉絲小姐她們也大力點頭同意他的意見。

「而且採集家本來就很多衛生習慣不好的人。」

「是啊。所以我真的很慶幸能待在店長小姐這裡。還可以每天洗澡。」

「反正我也會洗澡，順便而已。」

都要熱洗澡水了，讓一起住的艾莉絲小姐她們也洗一洗比較不浪費，而且看她們保持乾淨，我心情也會比較好。

再加上我幾乎每天都會建議蘿蕾雅把身體洗一洗，所以她身上也很乾淨。

畢竟她也要碰店裡的鍊藥，不能讓她帶著髒汙顧店。

「不過，原來現在餐廳裡面的環境這麼恐怖啊……」

我也算是造成這種現象的原因之一，覺得對狄拉露女士有點過意不去。

用在惡臭當中工作換來生意興隆，也太不划算了……

「我是不是該做些消臭藥來賣……？」

「喔，店長，原來有這麼棒的鍊藥嗎？」

「嗯。只是雖然消臭藥本身不會太貴，容器就有點貴了……」

因為會為了方便使用做成噴霧式的，會比一般鍊藥瓶貴上不少。

當然也是可以直接倒出來用，只是用起來非常不方便。

「那就讓大家來店裡用，再計量收費就好了吧？」

「對啊。我也想要用，瓶子就另外賣吧。」

艾莉絲小姐她們身為採集家的同時，也是一個女性。

她們都對消臭藥很有興趣。

一般鍊藥的瓶子我會在回收後清洗乾淨再拿來用，但是消臭藥就不需要這麼嚴謹，這提議或許不錯？

「唔～那就……這麼辦吧。蘿蕾雅，這可能會讓妳多忙一點，可以嗎？」

「好，我完全不介意。」

「謝謝妳。安德烈先生怎麼想？」

我想聽聽資深採集家安德烈先生的意見，卻發現他雙手環著胸，低聲說：

「嗯……我們是會買啦……但不知道新來的那些人會不會買……」

「他們有可能不買嗎？大家不是都對身上會沾味道很傷腦筋嗎？」

「是很傷腦筋啦，可是——」

簡單來說，就是好像有很多採集家已經習慣身上不乾淨了。

他們身上總是臭臭的，所以不會在意周遭環境的臭味。

待在村子裡很久的採集家會比較替村民著想，但不打算逗留太久的採集家不會考慮太多，錢可以省多少是多少。

就算會影響到周遭人，也是只要自己覺得沒差，就不願意花錢。

「那些傢伙就是這麼小氣，就有人小氣到賠上了自己的手指……算是自作自受吧。」

「咦？真……真的嗎？」

「是啊。我們好歹是同行的，所以我是有好心提醒過他們啦，只是有些人就是小氣到連不該省的東西都要省。明明買了妳做的柔軟手套就不用怕出事了。」

似乎是折斷牙齒的時候不小心讓手指結凍，最後只能截肢。

「喔，你這麼說才想起來，的確有人賠掉了自己的手指。」

「那完全是自作自受，而且不只不聽勸，還跑來搭訕。」

安德烈先生的語氣還聽得出些許同情，艾莉絲小姐她們則是說得很不留情。

她們兩個都長得很漂亮，對方可能真的滿死纏爛打的？

「雖然你們應該是不用擔心手指結凍，萬一真的結凍了，請直接趕來我這裡。手指還留著的話，治療費會相對便宜。」

治療斷肢的鍊藥貴得很誇張，但如果只有單純結凍，治療費會便宜一點。

前提是要能平安趕來我店裡治療。

其實最好是先買好治療用的鍊藥再出發，只是連柔軟手套的錢都想省的人大概聽不進去吧。

「嗯，到時候就麻煩妳了。雖然幾乎所有人都在那傢伙賠掉手指以後乖乖戴上柔軟手套了啦。算是一種負面教材吧。」
「這麼說來，我記得有一天突然賣了很多手套。是那時候嗎？」
「應該是吧。他們那時候全都馬上決定要買了。」
安德烈先生認為蘿蕾雅的推測應該是對的。
原來這就是柔軟手套的存貨突然變少的原因啊。
不過，衡量風險跟花費本來就是採集家自己該考慮的事情。
就算我苦口婆心地提醒每個採集家，也終究是由他們自己決定。
「總之，明天就先從調查那個商人的收購價開始吧。艾莉絲小姐，就麻煩妳跑一趟了。」
「好。我只要拿去給他收購，記住他的收購價就好了吧？」
「啊，要不要我也來幫忙？可以比價的例子多一點比較好吧？」
「可以嗎？那就拜託你了。」
我把安德烈先生剛才帶來收購的牙齒還給他，記下材料的價錢。
不曉得那個商人會用多少價格收購這些牙齒……我還滿好奇的。

「說多三成是太誇大了，但收購價的確多了一成多。」

◇　◇　◇

隔天，艾莉絲小姐跟安德烈先生回報的收購價是比我這裡多了一成多。

不曉得是不知道我的收購價，還是雖然知道，可是故意講得比較誇大。

我的收購價本來就比較高，但那個商人確實是用比市價高了快要三成的價錢收購。

「是啊。我也有點意外。我還以為再高也只高一點點而已。」

「可是，一般商人用這個價格收購，應該會很吃不消才對……」

即使在南斯托拉格原價轉賣，也不一定可以賣出去。

在王都應該賣得出去，只是加上輸送成本一定虧錢。

「我猜不透他的目的。他怎麼會不惜虧本，也要高價收購？」

蘿蕾雅……應該不知道吧。

我看到她搖了搖頭。

「我……我也想不到是為什麼。要動腦的事情還是交給凱特吧。靠妳了。」

艾莉絲小姐把動腦的工作推給凱特小姐，隨後凱特小姐就用手抵著下巴，稍做思考。

「……我想想，先假設那個商人有必須收集冰牙蝙蝠牙齒的理由。像是他可能簽了需要提供一定材料數量的契約，卻找不到貨源。」

「意思是比起付違約金，不如多花點錢湊到需要的數量還比較好嗎？」

「對。其他就是……故意操控市場價格。可能是預料到冰牙蝙蝠的牙齒到了夏天會漲價才到處收購，卻因為這個村子有大量貨源，導致價格的漲幅比預料中的低。」

「所以才自己把這裡的牙齒也買下來，壟斷貨源？可是冰牙蝙蝠的牙齒外流的數量應該不多才對……」

除了一開始賣給雷奧諾拉小姐那些以外，其他我收購的牙齒都拿去做冷卻帽子，或是放在倉庫當庫存了。

並沒有以貨源的形式外流到其他地方。

雖然應該也有採集家帶出去的牙齒，但是量不會太多。

凱特小姐對這麼說的我聳了聳肩。

「冷卻帽子不是會拿到南斯托拉格跟附近的村子賣嗎？帽子賣得愈多，不就代表用來當帽子材料的牙齒需求量變低，賣不出去嗎？」

「……說得也是。」

冰牙蝙蝠牙齒有很多種用途，這個時節最主要還是用來做冷卻帽子。

雖然冷藏櫃跟冷風機這種奢侈品也會用到，但只占整體消耗量一小部分。

「如果不是這兩種理由……那可能就是他討厭妳？」

「咦！可是我不記得自己做過會被人討厭的事情啊！」

我不禁大聲反駁，同時也聽到蘿蕾雅喊得比我更大聲。

「對啊！怎麼可能有人討厭珊樂莎小姐！」

……不，我也沒有品行端正到值得讓人這麼替我說話。

「蘿蕾雅，有時候人就算沒做任何討人厭的事情，也是會被人討厭的。」

「太沒天理了！」

蘿蕾雅氣得用鼻子呼氣，還不斷揮動握緊的雙手。凱特小姐也手扶著臉頰，嘆著氣認同她的說法。

「對，人生本來就很沒天理。只是如果那個商人真的是刻意找麻煩，也不一定是針對店長小姐。」

「……什麼意思？」

「有可能是針對格雷茲先生或達爾納先生。」

「咦？爸爸嗎？」

凱特小姐出乎意料的話語讓蘿蕾雅瞬間停下動作，表達疑惑。

「妳爸爸應該靠冷卻帽子賺了不少錢吧？」
「咦！爸爸沒有賺很多啊。珊樂莎小姐的計畫是讓爸爸拿到不少現金，可是他把錢都用在增加店裡的品項了。」
「喔喔！難怪最近雜貨店的品項變得更豐富了！」
「嗯，因為以前沒有多的錢可以進不知道賣不賣得出去的東西。而且現在村民比較有錢一點，會去雜貨店的客人也變多了。」
喔，原來我努力的成果已經顯現在自己身邊了啊。
「問題是很少人會注意到爸爸賺的錢用在這種地方。」
除非觀察得很仔細，不然根本不會知道他把利益都用在充實品項上。
尤其被嫉妒心蒙蔽雙眼的人更不可能注意到。
「至於格雷茲先生……搞不好真的賺了不少？」
賺錢似乎賺得很順利的格雷茲先生前幾天正式跟我訂了豐穰。
所以看得出他一定賺了不少錢……
「可是沒多少人知道他賺很多錢吧？」
「這就是重點了。達爾納先生會把帽子拿去南斯托拉格賣，那裡的商人應該多少知道他賺多少。格雷茲先生則是會在很多村莊之間遊走……」

除了我們以外，只有極少部分村民知道——而且沒有艾琳小姐那樣精通算數的頭腦，大概也很難想像格雷茲先生賺了多少錢，更何況是不熟悉這個村莊的人。

當然，若對方有四處跟村民打聽，倒也不是不可能。只是這樣做太過高調，我一定會聽到一些風聲。

「就先不管那個商人的動機了，店長閣下，妳要怎麼應付他？」

「唔～看是要正面跟他槓上，還是隨他去吧……」

「隨他去是讓他繼續收購牙齒的意思吧？這樣不會影響到冷卻帽子出貨嗎？」

「我昨天也說過，我這裡還有庫存，真的不得已也可以自己去採集牙齒。」

「店長閣下，真的要去的話，我們也會幫忙喔！」

「畢竟幫店長小姐的忙就可以弄到很多牙齒，比自己採集回來給那個商人收購還要更好賺嘛。」

「沒錯、沒錯——不對！是因為店長閣下一直很照顧我們，我想報答她！而且……我總覺得看那個商人不太順眼！」

「哈哈哈……謝謝妳。我到時候會平分給每個來幫我的人。」

「店長閣下！我真的——真的沒有別的意思！」

「我知道、我知道。」

艾莉絲小姐一邊拚死命地強調，一邊逼近我，我則是輕輕把她推開，安撫她的情緒。

凱特小姐只是隨便說說的，用不著這麼認真反駁吧。

「妳知道我沒那個意思就好，嗯——那，要怎麼跟他對抗？」

「我有想到幾個方法……一是把我的收購價抬到跟他一樣高。」

我豎起一根指頭，提出自己想好的第一個方案。

艾莉絲小姐跟凱特小姐點點頭，看起來是有聽懂我的用意，蘿蕾雅則是疑惑地歪著頭問：

「珊樂莎小姐，抬到一樣的價格應該沒意義吧……？」

「不，一樣價錢的話就會賣給店長閣下。尤其待在這裡很久的採集家應該都會以店長閣下為優先。」

「畢竟賣材料會信任鍊金術師多過商人。而且店長小姐讓大家可以便宜買到鍊藥，有很多採集家都很慶幸有店長小姐在。」

「的確，我顧店的時候也遇到不少客人說很高興珊樂莎小姐在這裡開店。」

可能是因為常常在店裡面對採集家，蘿蕾雅也表示能夠理解凱特小姐的說法。

「可是，這樣店長小姐不是也會虧本嗎？」

「不，現在的價格還沒問題……前提是鍊製完全不會失敗，不會多耗工本費。」

雖然只要失敗一次，就會直接損失幾十頂帽子的利潤就是了。

當然，不失敗就不虧錢也是以我不多收半點工錢為前提。

「這……真的不會虧錢嗎？妳不只等於要免費幫人鍊製，還不能失敗耶。」

「珊樂莎小姐，鍊金術基本上都不會失敗嗎？」

「其實失敗率滿高的喔。一般鍊金術師訂價格都要先預設兩次鍊製會失敗一次，不然就會入不敷出。」

所以鍊器才會這麼貴。

要是每個人都可以百分之百鍊製成功，價格會再低一點。

「那不就吃虧吃定了嗎？」

「沒關係。我不會連做個簡單的冷卻帽子都失敗……應該啦。」

「居然說得這麼不肯定……」

「可是，我真的到現在都還沒失敗過！畢竟我是大師級師父的徒弟！」

我不能只是做個區區等級四的鍊器就失敗！

而且冷卻帽子算是比較簡單的鍊器。

「哦，那就……嗯？大師級師父的徒弟？」

我對感到狐疑的艾莉絲小姐說：

「對。奇怪？我沒跟妳們提過嗎？」

「沒有！我從來沒聽說！妳……妳是誰的徒弟？」

也對，師父來的那個時候，艾莉絲小姐她們還沒來我這裡。

我把師父的名字告訴著急詢問的艾莉絲小姐。

「是奧菲莉亞．米里斯。妳聽過嗎？」

「我怎麼可能會沒聽過！她是……唉，我好像知道為什麼店長閣下會這麼強，還有點不熟悉一般常識了。」

竟然說我沒常識，太失禮了。

我好歹也是在鍊金術師培育學校裡的成績跟第一名沒兩樣的人耶。

「那個，我不知道大師級代表什麼意思，也不知道那位奧菲莉亞．米里斯是誰……她很有名嗎？」

蘿蕾雅好奇地看著像是累到不禁嘆了口氣的艾莉絲小姐。

「『大師級』是鍊金術師裡最有實力的一群人，全國只有極少數的鍊金術師會到這個級別。如果對鍊金術多少有點興趣，就一定會知道他們的存在。」

「珊……珊樂莎小姐的師父竟然是那麼強的人……太厲害了！」

「嗯，她是很厲害啦……嗯。」

蘿蕾雅感動得雙眼閃閃發亮，但我覺得她真的見到師父，搞不好還會很意外。畢竟她外表上很年輕。

我自己也是因為她跟我預先想像的大師級鍊金術師印象完全不同，一直到前輩跟我說，我才知道她是大師級的鍊金術師。

要是我沒有跟前輩她們變成朋友，說不定到現在都還不知道這個事實。

「奧菲莉亞．米里斯……店長小姐，妳是她的徒弟，妳有什麼想法嗎？」

「咦……？我也不太知道社會大眾對師父的看法……在鍊金術師之間應該還算有名吧？」

「笨蛋！店長閣下妳這個大笨蛋！」

咦！艾莉絲小姐為什麼突然罵我笨蛋？

「奧菲莉亞大人才不是『還算有名』那麼簡單！那位……那位……！」

「好、好，艾莉絲妳先冷靜下來。對不起，店長小姐。雖然艾莉絲的反應太誇張了，可是妳師父其實是個連一般人都會認為『非常有名』的人。」

「是喔？」

「是啊。」

我當初只是去應徵兼職，後來自然而然變成她的徒弟而已……

我是不是其實很幸運？

啊，仔細想想，前輩她們的確很羨慕我能當她的徒弟。

「總……總之，師父有不有名不重要——回到正題吧。我們到時候再看對方會不會故意把收購價拉得更高，還是放棄繼續搶生意。」

「被妳說不重要的這件事還滿重要的……好吧，下次有機會再問妳奧菲莉亞大人是什麼樣的人。」

「不，我不會多提什麼。因為也沒什麼特別的事情好提。」

畢竟對我來說，她就只是我的師父而已。

「——我下次有機會再問妳。不過，那個商人願意死心的話，整件事情就能圓滿落幕了。」

看來她好像很堅持想問。

我到時候跟她說師父面對貴族的態度有多旁若無人就好了嗎？

「是啊。整件事就直接解決了。」

「嗯。問題在他如果選擇繼續抬價，就會比較麻煩。」

「他繼續抬價的話，我就故意增加冰牙蝙蝠的貨源。能加多少就加多少。」

「要怎麼增加貨源？」

「我會每天去洞窟裡面獵蝙蝠。獵到他不夠錢繼續收購。」

假如我認真去獵蝙蝠，艾莉絲小姐跟凱特小姐也願意幫忙的話，一天至少可以獵到好幾百隻。再找安德烈先生他們來，應該還能獵更多。

一隻蝙蝠可以拔下兩根牙齒，五歲蝙蝠的牙齒收購價最低一根約一千雷亞。

年齡愈高，價格也會愈高，再加上他會用高至少三成的價格收購，努力一點可以一天拿走他幾百萬雷亞。

要是他沒有準備非常大量的現金，一定會馬上就不夠錢。

「呵呵呵……接下來就看是洞窟裡的冰牙蝙蝠先滅絕，還是他的資金先見底了。」

——嗯，來賺牙齒錢的採集家一定會被我們害到沒得賺。

如果真的要執行這個計畫，不另外想個方法回饋大家可能會不太妙。

「真不愧是店長閣下！太狠了！」

「我個人是希望可以和平解決啦。但畢竟是對方先開始挑釁的。」

我很想花將近一個小時的時間針對艾莉絲小姐這句「真不愧是店長閣下」來好好談談她到底是怎麼看待我的，只是這樣會偏離正題，晚點再說吧。

「珊樂莎小姐，那個商人的做法是真的不應該嗎？我爸爸以前也會收購鍊金材料……」

「達爾納先生會收購是因為我之前還沒來這裡。不過，商人刻意跑來有鍊金術師在的地方搶生意……很可能會讓鍊金術師生活不下去，尤其才剛畢業的人手上不會有多少錢。」

商人想進鍊金材料的地點是規模大的城鎮倒還好，如果是小村落，就應該要跟當地的鍊金術師買，或是至少跟對方知會一聲，才不至於失禮。

比如說，有些材料需求量很大，利潤很高；也有些材料需求量低，但是發生緊急狀況會需要用到。

萬一鍊金術師店裡只有前者呢？

又或是因為賣得很好，導致材料被採集家採到一個都不剩呢？

透過調整收購價或收購條件來避免發生這種狀況，也是鍊金術師的職責。

要是無視這種規則的商人跑來搗亂，就會沒辦法適當調整價格。

而冰牙蝙蝠雖然是種棲息地比較多的動物，不需要擔心材料被採個精光的問題，可是違反市場規則本來就是不應該的吧？

「只是這種做法也不會觸法，要不要這麼做，純屬個人自由就是了。」

「是嗎？明明刻意打亂價格會帶給鍊金術師困擾，卻沒有立法禁止嗎？」

「正常的商人不會做這種事情。因為惹到鍊金術師的風險比較大。」

買賣鍊金術相關的東西，最主要的顧客就會是鍊金術師。

打破規則，就會被附近一帶的鍊金術師拒絕往來，變得很難做生意。

所以我才不懂那個商人這麼做的用意。

「那，店長閣下。妳要不管他，還是跟他對抗？」

「唔～我想想看。」

不理他會比較輕鬆。我能賺的錢會變少，卻也不至於影響生活。

重點在於對方可能不把我放在眼裡——不對，從現況來看，他已經是完全不把我放在眼裡了，而且只有這次搶生意倒還好，要是他以後繼續這樣為所欲為，我就會很傷腦筋了。

單從利潤來看，我應該要選擇跟他對抗。

問題是我必須努力獵蝙蝠。

啊，我不是懶得花太多力氣喔。

只是這樣我會沒有時間碰鍊金術。

「……嗯，用投票來決定吧。覺得直接對抗比較好的舉手！」

有三個人舉起手。

一下子就決定好了。

「怎麼可以放任他擋店長閣下的財路！」

「是啊。想做生意就不應該這麼自私，也要考慮到別人才行。」

「蘿蕾雅也想直接對抗嗎？」

「對，畢竟妳讓爸爸有生意做……而且格雷茲哥哥以前很照顧我，還是不太忍心看他被影響到。」

這麼說來，格雷茲先生說過他們以前會一起玩。

雖然蘿蕾雅會對他說「沒發現是他」之類的刻薄話語，看來多少還是對他有感情。只是從她對格雷茲先生的態度來看，那份感情應該不是「愛情」，而是「同情」。

「好。那就走對抗路線吧。艾莉絲小姐、凱特小姐，妳們願意協助我嗎？」

「嗯，當然沒問題！」

「我也會請安德烈先生他們幫忙把消息傳開！」

「啊，好。麻煩妳們了……？」

艾莉絲小姐她們不知道為什麼感覺比我還要更期待直接對抗，讓我在她們願意幫忙的安心之中，也不免感到困惑。而我們的作戰計畫也就此展開。

這個計畫的效果非常顯著，採集家們——主要是以前就在這裡的採集家，從隔天就開始把更多的蝙蝠牙齒帶來我這裡賣。

可能是出於對我的感謝，也可能是看在跟安德烈先生的交情上，不過最主要的原因還是我用同樣的價格收購吧。

就在新來的採集家也跟著接連把蝙蝠牙齒拿來我這裡賣的時候——

「店長閣下！他又把收購價拉高了！」

「哎呀呀。看樣子他沒什麼遠見呢。呵呵呵……」

我把手肘撐在桌子上，對衝進店裡的艾莉絲小姐發出像是幕後黑手的低聲奸笑。

我這樣滿有魄力的嘛。

「……店長小姐，妳這樣很怪。」

「咦？是嗎？那我不這樣玩了。」

看來我的威嚴還不夠讓我裝模作樣得很自然。

「那，他又拉高了多少？」

我放下撐著桌子的手肘，開口詢問。艾莉絲小姐先稍微想了想，才回答：

「他說多加了五成。可是實際上也才比先前的價格多不知道有沒有到一成。不過這只是我的感覺，我不知道正確的數字。」

「漲不到一成應該也很讓他吃不消了……他到底為什麼這麼堅持？」

我不懂他為什麼不惜漲價成這樣，也要在這個村子裡收購牙齒。

用比市價多兩成的錢收購，都已經可以讓他用原價從有點遠的城鎮運過來了。

「啊，聽說他提到店長閣下的時候，還說『她總算快撐不下去了。看來就快搞定了』。」

「什麼？撐不下去？」

什麼意思？

「那個商人會不會是覺得店長小姐在煩惱收購不到牙齒？」

「大概是吧。而且他應該也想不到店長可以自己去採集。」
嗯……所以我才是他的目標嗎？
可是我不記得有做什麼會惹禍上身的事情。
——啊，也有可能是動歪腦筋被識破才挾怨報復。
像是南斯托拉格那個黑心鍊金術師。說不定是這個村子裡被他坑過錢的採集家都不再賣材料給他，害他開始缺貨——我滿希望是這樣的。
因為這樣就代表我提醒大家是真的有用。
只是他跟這次這個商人互相勾結的機率……就算不是零，找商人聯手惡整我的風險還是太高了……
——算了，無所謂。不會礙到我。
繼續執行作戰計畫。
「那明天就開始著手那個計畫，要拜託妳們兩個來幫忙了。」
「知道了。」
「好。要找安德烈先生他們來嗎？」
「我想想……這也要看到時候需要多少人力，就先找安德烈先生他們三個來吧。」
我需要人手幫忙搬東西，還有摘牙齒。

再來就是……因為屍體數量滿多的，應該也需要有人負責處理屍體？

這部分就等實際試試看人手夠不夠再說吧。

「最近都需要讓妳自己一個人顧店，就拜託妳了。」

「好，沒問題。如果有人拿我沒辦法鑑定的東西過來，直接拒絕就可以了，對吧？」

「嗯。不是熟客就拒絕。」

最近收購熟客的材料都是採信用交易的制度。

也就是蘿蕾雅會在我不在的時候先收好採集家要賣的材料，等我回來檢查。一直到採集家下次來店裡，才付錢給他們。

但不適用於第一次來的人，還有新手採集家。

現在會發寫著蘿蕾雅看得懂的材料種類跟狀態的交換證給熟客，要是發給不熟的人，搞得他們之後跑來吵「當初把材料帶來的時候狀態沒這麼差」，也很麻煩。

「那麼，我們明天就開始認真執行計畫！」

「「「好！」」」

Episode 4

商業競爭與背後的策略交鋒

隔天，我在做好各種準備後，跟艾莉絲小姐她們一同前往洞窟，並假扮成新來的神祕蒙面採集家「辛吉尼」。

因為被商人知道是我來收集一大堆冰牙蝙蝠牙齒，就不好玩了。

聚集在洞窟前面的採集家之中，混著一個不只是新來的，還把眼睛以外的部分全用布緊緊包裹起來的可疑採集家。

我本來以為會很引人矚目……卻意外沒什麼人在意。

原因來自這座洞窟裡的惡臭。

用布蓋住臉的不只我一個人，而我用來隱藏身分的長袍，在這裡也不會顯得格格不入。

周遭大多人都是用布包住身體，避免沾到掉下來的那個東西。沒有半個人撐傘。

真要說我這身打扮顯眼的部分，大概就是長袍比較乾淨，很突兀吧？

「那，店——」

「呃，嗯！咳！咳！」

我用咳嗽聲蓋過艾莉絲小姐差點讓我白費工夫偽裝的一句話。

「——啊，辛吉尼。我們要直接進去嗎？」

「嗯。走吧。」

我故意用很低沉的聲音說話，緊接著就看到凱特小姐用手摀住嘴巴，遮起表情。

只是我可以清楚看到她肩膀在顫抖，明顯是在憋笑。

這我也沒辦法啊！

我是要隱瞞身分才這樣！

唉，真希望她可以學學安德烈先生他們！

——不過……

嗯？他們也在笑耶。

基爾先生他們拍著彼此的肩膀，像是在笑其他的事情，但絕對是在笑我吧？

「唔。走了。」

我在這裡不能隨便出聲。

我想找個人比較少的地方，便快步走進洞窟裡面。艾莉絲小姐他們也馬上跟著我走進來。

我們這次的目的地，是上次沒有走到的冰牙蝙蝠棲息地最深處。

會需要去那邊的原因有三個。

一是大多數的採集家似乎只獵剛超過五歲，也就是牙齒剛好能賣錢的蝙蝠，去最裡面應該就不會互搶獵物。

二是要避免資源枯竭。

要是把年輕冰牙蝙蝠都獵完了，就會影響到明年以後的採集量。

第三個，也是最後一個，是我需要用有效率的方法挖走商人的資金。

我之前也說過，冰牙蝙蝠年齡愈大，牙齒的品質就會愈好，收購價格也會變高。

而最裡面住著那些很值錢的冰牙蝙蝠，沒道理不去獵牠們。

「是說，店長閣下，這個洞窟真的意外的很深耶。」

「我說過，我現在是辛吉尼。」

「有什麼關係，附近已經沒有別人在了啊。」

「是沒有錯啦。」

經過我們上次狩獵冰牙蝙蝠的那一帶以後，就沒再看見其他採集家了。

所以，其實已經沒必要刻意隱瞞身分……

「可是艾莉絲小姐搞不好會在外面叫錯，就繼續這樣叫吧。」

「也對，感覺艾莉絲一定會不小心叫錯。」

「唔，我也沒那麼粗心好不好。」

艾莉絲小姐看起來很意外自己被這麼說。是誰剛剛差點叫錯的？

「還沒進來洞窟就差點叫錯的人說自己不粗心耶，凱特小姐。」

「是啊。一點可信度都沒有。」

聽到我們都一致認為她沒有不粗心，艾莉絲小姐也無法反駁。

「唔！我……我是有差點叫錯啦——」

「有什麼關係呢？大家都叫她……呃～辛吉尼嗎？都這樣叫她就好啦。一直改稱呼也很麻煩不是嗎？」

「的確。而且我們搞不好也會叫錯。」

「是啊。再加上這裡也不一定完全沒有其他人在，小心一點總是比較好。」

「這……這樣啊……嗯，有道理。」

在安德烈先生他們的緩頰之下，艾莉絲小姐也願意繼續叫假名了。

順帶一提，安德烈先生他們從頭到尾都沒叫錯。

「對了，安德烈先生你們也不曾進去最裡面吧？」

「是啊。我們平常都在比跟妳來的那次更前面的地方獵蝙蝠。因為要搬屍體太麻煩了。」

最麻煩的真的就是要處理屍體。

因為我們只需要牙齒。

如果把屍體丟在原地也不會怎麼樣，應該可以一次帶更多牙齒回去。

「……說到這個才想到，這一路上都沒有掉在地上的屍體耶。我還以為應該會有比較沒規矩的人摘完牙齒，就把屍體隨地亂丟。」

「喔，因為我們這些資深的有好好『教』過他們啊。」

「教……？」

「我們只是把這裡的規矩告訴那些無知的年輕人而已。」

格雷先生面無表情地說道。我有點好奇他們用什麼方法教的。

艾莉絲小姐……只有默默聳了聳肩。

隨後，凱特小姐就苦笑著代替他們告訴我詳情。

「妳不用擔心，他們只是在發現亂丟屍體的採集隊之後，用三倍的人數把對方團團包圍，再輕輕推擠一下而已。那些人都沒有受傷——不對，是沒有受重傷。」

「這……這樣啊……」

呃……算了，我這種臨時來當採集家的人，好像也沒資格對他們的做法說三道四。

我是覺得有點太粗暴，可是採集各種材料本來就有應該遵守的規矩。

拿香菇來舉例好了。

採集的人不可以因為找到很好賣的香菇，就把產地的所有香菇採光。

必須留一點下來，避免隔年以後沒有香菇可以採。

再拿藥草來舉例。

如果只需要它的葉子，就要小心別傷害到藥草的根部。
樹葉也一樣。
為了摘樹葉就砍斷整棵樹是大忌。
砍樹枝的時候也要注意砍的位置，避免樹枯掉。
我是在學校學到這些規矩的，看來一般採集家是透過前輩來學。
溫柔的前輩會用言語教導，嚴厲的前輩會用拳頭。
這次……嗯，他們遇到的一定是講不聽的後輩吧。
照安德烈先生他們的個性，應該……不會馬上就動粗吧？

◇◇◇

我們從上次獵蝙蝠的地方往更裡面走了約一小時以後。
周遭的惡臭稍稍減緩，卻也開始瀰漫起另一種氣味。
安德烈先生他們似乎也感覺到了，先是仔細聞一聞，才皺起眉頭說：
「……這個感覺有一點點甜的味道是什麼啊？」
「這是冰牙蝙蝠帶回來儲存的水果散發出的氣味。」

「喔喔，就是那個嗎！說冰牙蝙蝠會把水果冰起來保存的那個習性！」
「而且被牠們冰起來的水果在某些地方可以賣到很好的價錢。」
「對。牠們通常會存放在棲息地的最深處，應該已經很近了。」
在我說是水果的氣味之後馬上回答的，是艾莉絲小姐跟凱特小姐。
安德烈先生他們不知道是不是第一次聽說，用有點複雜的表情低聲沉思。
「我是聽說過冰牙蝙蝠會儲存水果，可是這種東西會值錢嗎？」
「不會很髒嗎？」
「是啊。其實我也跟基爾先生抱持一樣的看法，但畢竟這世上有些人喜好比較特殊……」
這種洞窟的地面這麼髒，一般不會有人想吃曾經掉在這裡的水果吧？
「貴族只在乎東西稀不稀奇而已。」
「可是，我聽過有人說很好吃耶。」
有點傻眼的凱特小姐聳了聳肩，艾莉絲小姐則顯得好像有點興趣……不對，她的表情很明顯是想要自己實際吃吃看。
「現在剛好是水果盛產的時節，是有機會帶一些回去啦……」
夏天尾聲到秋天這段期間，可以在森林裡採到許多水果。
冰牙蝙蝠會在這時候開始儲存冬天到初夏要吃的食物。

聽說被冰牙蝙蝠帶回來儲存的水果會被視為稀有食品，是因為這種水果不是單純會結凍，還會在儲存期間慢慢發酵，變得像酒一樣。

所以現在這個時節的結凍水果會比較值錢。

反而冬天來收集結凍水果的話，就賣不到什麼錢。

「像酒一樣……那我們也會有點興趣。」

「是啊。可以的話，我也滿想吃吃看的。」

「拿去賣是不錯啦，但是先弄一點來自己吃也是個好主意吧？」

在場的男性們一聽到像酒，就瞬間表現出了興趣。

不過，實際上並沒有這麼好的事情。

我無情地告訴他們現實。

「只是結凍的水果應該大多數都腐爛掉了。」

「……是嗎？」

「是啊。因為就算食物有點爛掉了，冰牙蝙蝠還是會吃。所以運氣好沒有在發酵過程中爛掉的水果才會被認為是很稀有的食品。」

「意思是它也不是無緣無故就這麼貴，是嗎？」

「對——啊，看得到最裡面了。那些應該就是結凍的水果。」

我製造的光芒照亮了堆到跟人差不多高的大量結凍水果。
這座水果小山散發著帶有甜味的腐臭味。
不用靠得很近，都看得出最外層的水果已經明顯腐爛，完全不像可以拿來吃。
「唔，這真的滿倒胃口的……」
大家大概是沒有想到結凍水果是來自這種環境，可以看到所有人都在艾莉絲小姐這麼說的同時，露出覺得有點噁心的表情。
「是啊。不過，既然能看到這座水果山，就表示這裡是棲息地的最深處了。雖然好像還沒走到這座洞窟的盡頭。」
也就是說，這附近都是洞窟裡年紀最大的冰牙蝙蝠。
也是這座洞窟裡最值錢的獵物。
「對了，聽說有價值的結凍水果不是最外層的，而是在那座小山的正中心。說那個位置附近的就會發酵成可以吃的狀態，不會腐爛。只是如果太輕舉妄動——」
「喔，是嗎？那就把可以賣錢的結凍水果挖出來吧！」
我才說明到一半，基爾先生就開始挖開小山——不過，這明顯不是明智之舉。
「我本來想說冰牙蝙蝠會跑來攻擊人……看來是來不及了。」
洞窟裡瞬間變得相當吵鬧，有好幾隻冰牙蝙蝠跑去攻擊搗亂牠們食物的基爾先生。

「你這個呆子！不要還沒聽完專家解釋就動手啦！」
「抱……抱歉！」
安德烈先生立刻上前掩護，並對著基爾先生大罵。
被罵的基爾先生在道歉的同時，也把手上的水果丟到一邊，拔劍加入戰鬥。他跟葛雷先生一起砍掉周遭的冰牙蝙蝠。
不過，冰牙蝙蝠的目標並不只有牠們。
我用魔法打下四處飛舞的冰牙蝙蝠，近在身邊的則是用劍處理。
「為……為什麼？明明本來在睡覺，卻突然全部醒來了……我們也沒攻擊牠們啊！」
揮劍應戰的艾莉絲小姐顯得很納悶，而我則是告訴她一件非常基本的事情。
「牠們感覺到有人來自己放食物的地方搗亂，當然會馬上醒來啊。」
「是啊。畢竟這對牠們來說攸關生死。」
理解冰牙蝙蝠為什麼會有這種反應的凱特小姐動作俐落地來到我跟艾莉絲小姐中間，讓我們處理飛在身邊的冰牙蝙蝠，自己則是用弓箭攻擊遠處的敵人。
「的確！可是——可惡，會不會太多了！」
大家在抱怨的時候也沒有停下對冰牙蝙蝠展開的攻勢，而就算四周很快就被掉下來的屍體弄得無處可站，牠們的攻擊還是毫不間斷。

最先累到開始喘氣的，是艾莉絲小姐。

「呼、呼……還……還沒結束嗎？」

「艾莉絲，別說喪氣話！店長小姐同時用魔法跟劍都沒說什麼了，妳怎可第一個喊累！」

「凱……凱特妳還算有空檔可以休息吧！雖然我覺得體力不如店長閣下是很丟臉沒錯啦！」

「啊，我是不會太耗體力，如果妳覺得很累，要不要我把『風壁』的效果加強？那樣冰牙蝙蝠就攻擊不到我們了。」

「可……可以讓牠們都攻擊不到嗎？」

「嗯，當然可以。」

「這麼說來，店長小姐上次也是用這種魔法把冰牙蝙蝠彈開……」

這種魔法原本是用來彈開箭矢的。

並不是專門用來擋掉從天而降的屎尿。

也就是說，這種魔法原本就有足夠威力架開飛來的箭，只要稍微強化一下，就能輕鬆彈開衝過來的冰牙蝙蝠。前提是魔力要像我這麼多。

而我沒有特地強化風壁，是因為我們的目的在於打死冰牙蝙蝠。

畢竟完全不讓冰牙蝙蝠靠近，就不能用劍砍到牠們了。

「唔唔……我……我再撐一下！」

「是嗎？那妳加油。不過，妳要小心一點喔。雖然我可以保證柔軟手套不會被牠們咬穿，可是手套以外的部分就難說了。而且這一帶的冰牙蝙蝠能夠咬穿柔軟的皮革防具，萬一被咬到，會整隻手都結凍喔。」

「呃！珊……珊樂莎，妳可以讓飛過來的蝙蝠再少一點嗎？」

「了解～」

我一聽到身後的基爾先生提出的要求，就稍稍加強「風壁」的威力。

「謝謝！」

「嗯。這個數量要我完全不被牠們碰到也很難。」

葛雷先生也在基爾先生道謝完之後低聲說道。

他的武器比我們所有人用的都要沉重，不適合應付這種情況。

但是他的動作並沒有比一開始遲鈍多少，可能是原本就有鍛鍊出夠強的體力。

不過，冰牙蝙蝠的數量真的多得嚇人……一直到包含葛雷先生在內的所有人動作都明顯變遲鈍的時候，才終於沒再看見任何飛在天上的冰牙蝙蝠。

「沒……沒有了嗎……？」

「嗯，暫時是告一段落了。」

我用魔法探測這附近一帶，確定這附近已經沒有半隻活著的冰牙蝙蝠。

凱特小姐跟安德烈先生他們聽到我說沒事了之後，就全都鬆了口氣，把武器收起來，並揉揉自己的手臂，或是轉動肩膀。

「呼……這次連我都覺得手臂好痠。」

「啊～～！累死了！」

「真的太多了啦！」

「還不是因為基爾你做事沒經過大腦。記得給我乖乖反省。」

「這倒是真的！這次給你們添麻煩了，對不起！」

基爾先生雙手合十，低頭對所有人道歉。我笑著搖搖頭說：

「沒關係。反正就算真的情況不太妙，我也還有其他對策。」

「是說，店長閣下真的很厲害耶！妳同時用魔法跟劍這麼久，竟然都不會覺得累。」

「畢竟我有用魔力強化體能。論沒有強化過的體力跟力氣，我還是贏不過艾莉絲小姐。還有，請妳叫我辛吉尼。」

「……店長小姐，妳還要繼續用假名喔？」

「因為要是被那個商人發現是我弄來一堆牙齒就不好玩──不對，會很麻煩啊。」

我這句話讓安德烈先生他們面面相覷。

「辛吉尼，妳是不是其實很樂在其中啊？」

「咦？……我只是有一點點覺得那種貪心的商人最好被搞到破產而已啊。」
「妳居然還承認有一點點！」
基爾先生開口吐嘈我的真心話。
可是，本來就是這樣啊。
不可以只有商人自己得利。
要讓大家都有好處才行。
「真的就一點點而已。而且我家的家訓就是『要懷著誠懇的心做生意』。」
「家訓……辛吉尼老家也是經商嗎？」
「對。只是我父母被盜賊殺死了。」
「啊……抱歉。」
「沒關係，艾莉絲小姐不用道歉。反正都是以前的事情了。」
艾莉絲小姐尷尬地撇開視線，我則是對她搖頭表示自己不介意。
我當時的確很難過自己瞬間失去雙親，可是待在孤兒院就會發現這種經歷並沒有多稀奇，我也不認為變成孤兒是很不幸的一件事。
我後來在學校交到了好朋友，也意外幸運成為大師級鍊金術師的徒弟。
而且雖然形式跟父母不太一樣，我還是藉著鍊金術師這條路做起了自己的「生意」。

所以我很想實現爸爸媽媽以前的目標，也會不惜用盡全力排除這一路上的所有障礙。

——但這不是我的首要目標。

因為我現在比較想追求鍊金術方面的進步，還是會盡量避免影響到鍊金術的部分。

「倒是這次這件事也是個不錯的機會，剛好能讓我在實戰中運用正在練習的魔法。」

「畢竟店長閣下最近一直在破壞森林嘛。」

「說我是在『破壞森林』太誇張了。我只是在房子後面弄了一塊小空地出來啊。」

前陣子地獄焰灰熊來襲的時候——

我當時因為會用的攻擊魔法太少，應對起來有點吃力，所以在跟師父討論之後，決定這陣子先增加攻擊魔法的練習量。就在我的店後面練。

但是我絕對沒有誇張到用魔法把森林夷為平地。

我只是用魔法把森林裡的樹一棵棵打壞而已。

而我也沒有白白浪費那些倒下來的樹，全部送給蓋貝爾克先生了。

只是我還把剩下的樹樁當成大範圍魔法的練習目標，才會弄得地面有～一點點坑坑巴巴的。

「要是真的情況危急，我就會用大範圍魔法把牠們一網打盡。也幸好這次沒必要用到。在這裡用大範圍魔法會把洞窟弄得很髒，還會不方便收集牙齒。」

萬一真的用下去，我們大概就得在血肉模糊的屍體堆裡撿牙齒了。

「那真是太好了。畢竟光是要整理這些屍體就夠我們受的了……」

就如嘆著氣張望周遭的安德烈先生所說，我們身邊到處都是冰牙蝙蝠的屍體，甚至疊到超過腰的高度。

稍遠的地方也有散落的冰牙蝙蝠屍體，那些是被我的魔法，還有凱特小姐的弓箭打死的。

而且數量也絕不算少。

「冷靜下來看又覺得更壯觀了。這次為什麼會這麼多……？」

「因為牠們這次要保護食物，不會選擇逃跑。」

趁著一部分同伴遭到攻擊的時候逃走——

這是冰牙蝙蝠正常情況下的習性。

但我們這次動到了攸關牠們生死的糧食。

所以冰牙蝙蝠會拚死命抵抗，也不會找機會逃跑。

現在是牠們還能從森林裡找到食物的時節，才會只需要打倒這附近的冰牙蝙蝠。如果現在是冬天，我們搞不好就得面對洞窟裡面所有的冰牙蝙蝠了。

「——所以會這樣都是基爾的錯是嗎！」

「抱歉啦！我下次會乖乖把話聽完才動手！饒了我吧！」

「希望你下次真的不會這麼輕舉妄動。總之，我們現在先來處理這些屍體吧。」

「……也對。繼續責怪基爾也沒什麼意義。那我們該怎麼處理？」

「嗯……我本來想用跟上次一樣的方法……」

可是用上現在的所有人力，也沒辦法一次搬完這麼多屍體。

要是來回好幾趟，還在洞窟入口摘牙齒，搞不好會吸引其他採集家擅自來拿走放在這裡的屍體……

「我們先在這裡收集好牙齒，再分批把屍體搬出去怎麼樣？」

「這樣應該比較好。基爾，你給我賣力一點喔。」

「我會努力啦……但我一次能拿的量也有限啊。」

「畢竟這附近的冰牙蝙蝠滿大隻的。」

一隻應該超過一公斤。而且多到真的可以堆成小山。

牠們的牙齒是比外面一點的還要值錢，只是這裡離出口非常遠……

「好，那基爾一次至少搬一百隻。」

「真的假的！也太多了吧……一次一百隻的話，我走兩趟就不行了。」

「可以啦，你用跑的可以跑個三趟！」

太強人所難了。

扛著超過一百公斤的皮袋在洞窟裡面跑，鐵定不會有好下場。

而且就算只有兩趟，也是很勉強才趕得及在太陽下山前搬完。

「……嗯。今天就先以摘牙齒為主吧。回程再多少搬一點出去，等明天再付錢委託其他人來幫忙搬完這些屍體。」

「妳要另外找人嗎？我們不介意妳叫基爾多搬一點喔。而且另外找人也要花不少錢吧？」

「請基爾先生多搬一些這主意是不錯啦……」

我看到視野一角的基爾先生面露難色，發出「呃！」的聲音。我搖搖頭說：

「不過，這不是叫他多搬一點就搬得完的量。而且也要顧慮其他採集家對我們的觀感。」

我們不會只來狩獵一次。

畢竟可以從屍體的量推算賺了多少錢，獵走太多冰牙蝙蝠一定會引來其他採集家的嫉妒。

「珊樂莎不介意的話，我們也沒理由拒絕啦。」

「反正只有我們賺錢會衍生不少麻煩。我也支持店長閣下的想法。」

「是啊。那我們努力來摘牙齒吧。尤其這裡的蝙蝠數量多到光是想摘完全部牙齒，就不是一件簡單的差事了。」

我們決定先把屍體集中放在洞窟角落，在把那個角落清空之後開始摘起冰牙蝙蝠的牙齒。

大家一開始還會聊天，只是沒過多久就連說話都沒有餘力了，所有人都不發一語地重複摘牙齒的工作。

屍體部分也是本來還會整齊排好，現在已經是被我們粗魯地亂丟，堆成一座雜亂的小山。

「……看不到終點就是這種感覺嗎？」

「哈哈哈……數量真的有點多呢。」

雖然摘牙齒只要不斷重複一樣的動作就好，可是就某方面來說，也是因為太過單調，才反而讓人厭倦。

我們偶爾會抱怨個一兩句，卻也沒有任何人停下手邊的動作——一段時間之後，最後一隻冰牙蝙蝠終於被丟到了屍體堆上。

「結束了——！」

艾莉絲小姐在結束的同時大喊。

其他人雖然沒有放聲大喊，卻也輕輕吐出一口氣，露出了笑容。

「凱特小姐，辛苦了。」

「店長小姐——啊，辛吉尼也辛苦了。」

「哈哈！這個時間應該不會有人來，不用叫假名沒關係。」

「冰牙蝙蝠的數量比預料中的還要多耶。這裡到底有幾隻啊？」

「不知道……我數到一半就不想數了。」

「我也是。感覺會數到覺得很煩。」

我跟凱特小姐都不知道安德烈先生這道疑問的答案。
雙手抱胸站在堆積如山的屍體前面的葛雷先生在這時候轉頭看向我，說：
「應該有幾千隻吧。辛吉尼，我們明天要找多少人來？」
「幾千隻……那應該要搬幾十趟吧。」
我本來就打算給大家還算不錯的報酬，胡亂限制人數搞不好會害大家鬧不合？
「就找你們可以信任，而且想來幫忙的每一個人。畢竟我雖然有變裝隱瞞身分，還是要避免被不能信任的人洩漏風聲。」
說完，安德烈先生他們就面面相覷，嘆了口氣。
「說真的，在這個村子待很久的採集家不可能看不出來啦。」
「看到妳的戰鬥風格一定馬上就知道了。畢竟這個村子裡沒有會用魔法的採集家。」
「咦……？這麼容易被看出來嗎？」
所有人都立刻點點頭。
「虧我還這麼大費周章準備衣服耶……」
「但我覺得店長閣下在洞窟入口那裡不露臉跟不被叫名字，也不是完全沒有意義。」
「是啊。最近才來的採集家一定看不出是店長小姐。」
喔，意思就是在這裡待很久的採集家全都看得出來是嗎？

所以在洞窟入口遇到的每一個老面孔採集家聽到我故意用很低的聲音說「嗯，走吧」的時候，其實都在心裡偷笑是嗎？

「——算了，沒關係。反正都已經決定要隱瞞身分了，就做到底吧。還有，這次報酬也用平分的，可以嗎？」

安德烈先生他們搖頭拒絕了我的提議。

「不了，我們拿這麼多報酬會被其他採集家嫉妒。」

「是啊。只要比我們平常賺的錢再多一點點就夠了。」

「沒錯。而且也是因為有妳用魔法保護我們，我們才能安全打倒這些蝙蝠。」

「是嗎？不過，你們願意少拿一點，也比較方便明天請其他人來幫忙搬就是了。畢竟我也需要付報酬給過來幫忙搬蝙蝠屍體的人。」

除了請他們幫忙搬以外，我還想請大家帶牙齒去賣給那個商人，所以也要另外付跑腿費。不然我用蒙面採集家的打扮帶這麼大量的牙齒給商人收購，一定會可疑到不行。

「那艾莉絲小姐妳們呢？」

「唔。我們總不能在這種情況下還說想要平分吧。」

「是啊。跟安德烈先生他們差不多就好。」

「好。那，就給你們平常帶牙齒來給我賣的三倍價格當報酬，可以嗎？畢竟今天還麻煩大家耗這麼多時間來獵蝙蝠。」

「三倍很足夠了。不過，今天可以先把蝙蝠屍體都擺這裡就好嗎？這麼累還要搬重物走好幾個小時，實在是有點吃不消……」

「嗯，當然可以。」

而且明天就有很多人手可以來幫忙搬了。

「再來就是那一大堆水果了……有人想要拿嗎？」

我指著害我們剛才得面臨「討伐&摘牙齒死鬥」的一整堆水果。

所有人看向那堆水果之後，又接著看向基爾先生。

眾人不發一語地看著基爾先生的用意，讓他有點傷腦筋地笑著舉起一隻手說：

「啊……嗯，我會先問清楚才動手。珊樂莎，我現在可以碰這些水果嗎？」

「嗯，現在可以。只是明天這附近又會有別的冰牙蝙蝠過來，到時候就不能碰了。」

現在牠們的棲息地最深處已經騰出空位了，會讓之前在入口附近的年輕冰牙蝙蝠進來更裡面的地方。

等牠們過來才碰水果，就會再次上演今天才剛發生的慘劇（？）。

「……先不論要不要吃吃看，至少帶一些回去吧。這種結凍水果可以賣到好價錢吧？」

「前提是有人願意收購。但這種結凍水果很不好搬運，因為它的冰溶化掉，就不值錢了。」

我這句話讓安德烈先生他們對我投以錯愕的眼神。
「那一般採集家不就不可能帶出去嗎？」
「——我店裡有一種很方便，叫做冷凍櫃的鍊器可以買。」
反過來說，不會魔法的人沒有冷凍櫃，就很難把結凍水果帶出去。
「那個冷凍櫃的價格可以讓我們不會入不敷出嗎？」
安德烈先生這道提問讓我稍微想了一下，才回答：
「……如果有人要收購結凍水果，應該可以？」
「果然！」
安德烈先生說著就輕輕拍打自己的額頭。
可是，這種結凍水果本來就是種很麻煩的商品。
因為要一直放在低溫環境裡保存，也只有少部分人有能力收購。
需要有可以找上事業做很大的商人或貴族的管道，才賣得到錢。
「不過，辛吉尼應該有辦法帶結凍水果回去吧？」
「對，我帶得回去。至於保存方面……現在可以放上一陣子。」
「再加上妳特地做的冷凍櫃幾乎是空的。這樣不是很剛好嗎！」
「……嗯，是啊。」

艾莉絲小姐用非常燦爛的笑容說道。我則是稍稍面露難色地回答她。

蘿蕾雅也說不知道還能用我大費周章做的冷凍櫃來做什麼，所以現在頂多拿來做冰塊，或是冰飲料。

畢竟她從小到大都不需要用到冷凍櫃，難免會不知道它還能拿來做什麼。

「因為一般人沒機會碰到冷凍櫃嘛。」

「也是啦。雖然拿來保存肉類之類的食物還滿方便的……」

「辛吉尼，一般村民根本沒那麼多錢買肉買到需要放很久。」

「也是啦。我知道。」

我不得不同意凱特小姐跟安德烈先生的看法。

村子裡只有賈斯帕先生是獵人，所以除了前陣子來了一堆地獄焰灰熊的特殊情況以外，村民家裡根本不可能會有需要長期保鮮的肉品。

我這裡因為凱特小姐不時會獵一些獵物回來，應該過一陣子就能體會到冷凍櫃有多方便，但是對一般人來說，就完全是一種奢侈品了。

「可以在夏天做冰塊是滿棒的啦，可是只因為這樣就買冷凍櫃，有點太奢侈了。」

「安德烈先生，你要不要買來放這些水果？」

「但是沒人收購的話，就會入不敷出吧？」

「對。」

安德烈先生對老實回答的我聳了聳肩，苦笑著說：

「那我怎麼買得下手呢。妳覺得我們這種普通的採集家，會有認識貴族的管道嗎？艾莉絲姑娘妳們有管道嗎？」

「……我也很難找到這種管道。」

艾莉絲小姐在一小段沉默之後，才面露難色表示很困難。

「我想也是。那看來就只能自己吃吃看了，可是……」

「安德烈先生，虧你看到這裡的慘況還有想試試看的勇氣耶。」

「不，我也還在猶豫要不要吃啊。」

「可是這東西不是聽說很好吃嗎？這樣我會想吃吃看。」

「而且還是很難得有機會吃到的東西。」

真不愧是資深的採集家，太有膽識了。

像我就不會想吃放在一堆腐爛食物裡面的水果……

「總之，還是帶些水果回去吧。反正在這裡討論要不要吃也只是浪費時間。」

「的確。喂，基爾、葛雷，我們來找吧。」

「「好。」」

三人一開始動手翻開腐爛的水果山，那些都已經變成爛泥的水果帶有的強烈甜味就飄散開來，刺激大家的嗅覺。

眼前的景象實在很讓人倒胃口，但藏在裡面的水果意外還在結凍的狀態，乍看沒什麼問題。

「……這個應該不錯吧？」

「是啊，看起來還像可以吃。」

有點開心的安德烈先生挑起外表看起來正常的水果，一一塞進皮袋裡。

雖然帶走的數量好像會比我原先預料的多……算了，多帶點回去也不會怎麼樣。

「適不適合帶走就交給你們判斷，但請你們只挑被蓋在裡面的水果——啊，不對，其實我也完全不介意你們想藉著吃壞肚子貢獻我店裡的鍊藥銷量。」

既然真的有人買賣這種結凍水果，應該是可以吃沒錯……不過，第一個吃這種結凍水果的人還真有勇氣耶。明明怎麼看都不像是可以吃的東西。

「我們等回去再吃。要是在離外面這麼遠的地方吃壞肚子，可不是鬧著玩的。」

「不過這裡臭成這樣，你在這裡拉屎也不會有人發現吧？哈哈哈哈……………抱歉。」

提及不雅話題的基爾先生感受到在場女生們的銳利視線，立刻開口道歉。

這裡的確堆著很多蝙蝠大便，但也不代表可以做他說的那種事情吧？

「抱歉，他沒什麼教養，害大家不舒服了。」

葛雷先生很過意不去地對大家道歉，隨後艾莉絲小姐搖搖頭說：

「這不是基爾有沒有教養的問題，是個性的問題吧？你這樣會沒有女生喜歡你喔。」

「艾莉絲姑娘，妳好狠啊！」

「你既然覺得她這麼說很狠，就不要講些奇奇怪怪的話，學學怎麼顧慮女生的觀感吧。」

「唔！」

「唉，為什麼這麼多講話粗俗的採集家啊？」

艾莉絲小姐雙手交叉抱在胸前，不滿地嘆了口氣。安德烈先生苦笑著回答：

「因為幾乎沒有女的採集家啊。所以有很多人看到像艾莉絲姑娘妳們這樣的美女，就會跑去搭訕。」

「真的嗎？」

「應該新來的採集家裡面三個就有一個會搭訕她們吧？」

我從安德烈先生口中得到比想像中還要更頻繁的答案。

「真的嗎？」

我這次換詢問艾莉絲小姐。

「……說來遺憾，真的差不多就是他說的那麼頻繁。麻煩死了。」

「妳們滿受歡迎的嘛。」

「我一點都高興不起來。要是每個來店裡的人都會搭訕妳，妳應該也會覺得煩吧？」

「的確會很煩——雖然我沒有這種經驗。」

從來沒有半個人搭訕過我！

反正也沒有長得很帥的人，是沒差啦。

我可沒有覺得不甘心喔！

「呃，應該沒多少採集家敢搭訕鍊金術師吧。」

「是啊。我們跟鍊金術師那樣的菁英是完全不同世界的人。可是艾莉絲姑娘妳們跟我們一樣是採集家，大家才會比較敢搭話吧。」

「原來如此，身分差異也會有影響啊。」

不知道該說這種差異是好是壞。畢竟艾莉絲小姐她們飽受搭訕困擾，而我則是……嗯，這部分以後再慢慢想吧。

反正師父好像也沒有結婚。

「好了，我們把看起來不錯的水果都裝起來了，再來就是想想怎麼賣掉它。全部自己吃掉也滿可惜的……」

「要臨時找大商人收購也很難。」

「而且我們根本沒辦法一路上不讓它融化吧。」

「……那個，不介意的話，要不要我幫你們問問看？」

我不忍心看安德烈先生他們這麼傷腦筋，就提議幫忙。安德烈先生有點疑惑地回頭看向我。

「嗯？記得辛吉尼妳曾說自己是孤兒吧？」

他的意思大概是「孤兒怎麼會有管道聯繫上大商人跟貴族？」，而艾莉絲小姐也馬上說出了答案。

「啊！對，妳還可以找師父！大師級的鍊金術師的確有可能認識大商人或貴族……」

「對。雖然我不認識可能願意收購的人，但是師父搞不好會認識。」

其實我以前在學校的前輩們也是上流貴族，可是她們都待在其他城鎮，要特地運過去，就會遇上一些難題。

不過，找師父的話，就可以直接用傳送陣把信跟結凍水果傳送過去。

「所以辛吉尼的師父是大師級的鍊金術師嗎？」

「對。所以她應該有管道找到願意收購的人……只是她也有可能會拒絕幫忙。」

畢竟師父是那種個性，就算她只用一句「好麻煩」回絕我的請求，也沒什麼好奇怪的。

尤其師父連來自貴族的委託都可以因為覺得麻煩，就直接拒絕。

「如果她還是有一點點機會願意幫忙，我希望妳可以幫我們問問看。」

「是啊。畢竟這東西再好吃，沒辦法保鮮也是白搭。」

「而且普通的酒對我們來說比較好處理。」

「好。那我就跟師父談談看可不可以換酒。」

在這個村子裡要喝酒只能去餐廳，或是到達爾納先生那邊買。

拜託師父幫忙的話，她應該也能找一些這個村子沒賣的酒過來吧？

我們撿完水果之後就加緊腳步離開，一到洞窟外面，就發現天色已經完全暗下來了。

我大口吸進夜晚清澈又有點涼爽的空氣，開始深呼吸。

「呼～～」

我大口吐完氣，一旁一樣在深呼吸的凱特小姐就轉頭看向我，露出疲累的笑容。

「雖然嗅覺都麻痺得差不多了，還是會很不舒服呢。」

「是啊。我們晚點仔細把身上的臭味全部去掉吧。」

就算自己感覺不出來，臭味應該也已經沾滿了全身。

我把消臭藥拿出來往大家身上噴。

「話說，我看到餐廳入口有放這種藥，這麼快就賣出去了嗎？」

「對。狄拉露女士說採集家不買的話，她就自己買。她好像也很困擾餐廳裡臭味太重……」

既然採集家不顧慮其他人的感受，那就只能從其他方面下手。

而狄拉露女士採取的對策就是拒絕不除臭的人進入餐廳。

只是要所有人都買消臭藥不是件簡單的事情，所以我提議把消臭藥放在餐廳入口，每用一次就收一次使用費。

我一把這種方法告訴狄拉露女士，她就立刻決定要把藥擺在門口，還說「不用這個除臭的傢伙以後就不准他進來了」。

「我們也很高興餐廳有放消臭藥。可是擺那個有得賺嗎？」

「啊～絕對是入不敷出。」

使用費是一次三雷亞。

狄拉露女士說她會仔細檢查大家有沒有付錢，應該是不會有人故意不付，但是用的人要只輕輕壓兩下，才會回本。

如果有人因為味道太重就狂噴好幾次，絕對會虧錢。

這次算是特別花錢提供讓採集家跟狄拉露女士求個方便的服務。也是回饋這個村子。

畢竟住在這種村子裡面，跟附近鄰居打好交道可說是非常重要。

「好，再來就剩走回村子裡了……安德烈先生，你要帶一點這種水果回去嗎？」

「這……也對。來吃吃看好了。」

「嗯，反正在旅店裡面吃壞肚子也不用怕沒廁所。」

「雖然我覺得應該不會怎麼樣，但萬一真的很嚴重，記得直接來我這裡喔。我會提供治療用的鍊藥。當然也不會忘記跟你們收錢。」

我不會免費提供。畢竟我是做生意的。

「反正，應該不會怎麼樣啦。我們腸胃很耐操的。」

說著，安德烈先生他們就一人拿了兩個裝在我扛著的皮袋裡面的水果，放到自己的皮袋裡面。

「我會放在我家的冷凍櫃一陣子，等你們決定怎麼處理——決定要賣，還是自己吃掉之後，再跟我說一聲。」

「好，謝謝妳——啊，對了。這些水果要平分嗎？妳不只幫忙帶回來，還要幫忙保鮮，平分感覺不太公平。」

「嗯，我是無所謂。畢竟你們也常常來我店裡光顧。」

反正讓水果一路上維持結凍狀態的魔力對我來說不算什麼，冷凍櫃也還剩下很多空間。

「可以嗎？明明我們沒幫上什麼忙……」

「那就當作是妳們願意跟講話粗俗的基爾同行的謝禮吧。」

「又我了！雖然我是不否認我很粗俗啦。」

安德烈先生的話讓基爾先生指著自己，還用有些浮誇的語氣表達不滿。

「呵呵，那我們就接受你們的好意了。」

「謝謝你們。反正我也對這種水果有點興趣，就算沒有要吃，也可以多少拿來還點債。」

凱特小姐她們面帶微笑地接受了安德烈先生他們的好意。

「那，今天真的很謝謝大家來幫忙。明天也要麻煩各位了。」

「「「好！」」」

◇　◇　◇

隔天，安德烈先生找來的採集家也加入幫忙處理冰牙蝙蝠屍體的行列。

我們負責打倒冰牙蝙蝠跟摘牙齒，其他採集家則是負責撿跟搬屍體出去埋起來。而一整天下來的最後一件工作就是把牙齒拿去賣掉。

這個季節我不放心只仰賴森林的自淨作用來處理那些屍體，所以也特別請大家要把屍體埋好。

畢竟森林地上一堆腐爛的蝙蝠屍體，只會帶來一堆問題而已。

雖然我們很高調，卻也沒人過來妨礙我們，商人也沒有拒絕收購這些牙齒。就這樣過了一星期以後。

因為已經收集好大量牙齒，再加上洞窟裡的冰牙蝙蝠數量明顯少了很多，新來的神祕蒙面採集家辛吉尼也決定就此退隱江湖。

「那，凱特小姐，商人的情況怎麼樣？」

這個作戰計畫麻煩的地方，就在於我不能親自去找那個商人。

所以，商人的反應都是交給凱特小姐判斷。

畢竟她的觀察力比艾莉絲小姐還值得信任嘛。

「看得出他好像有點著急……但我不確定。」

「我有聽到他說『還滿會撐的嘛』喔。」

凱特小姐神情複雜，表示難以判斷商人的反應。艾莉絲小姐則是提供了其他新情報。

「他說的『滿會撐』是說我吧。他是不是覺得我收購不到牙齒，就會去哭著求他放過我？我才覺得他『還滿會撐的』。」

其實我因為賣牙齒計畫拿到的現金，已經多到我會不禁笑得合不攏嘴了。

我有讓蘿蕾雅看看那些現金，結果她就慌張得嘴巴開開合合，不斷揮舞雙手。

後來還變得面色蒼白，差點昏倒。

我就不講明確的金額了，總之這些錢夠買好幾套原價的《鍊金術大全》。

其實連事業做很大的商人都意外沒有多少現金，照理說，他應該很難在短時間內湊到這麼多現金……真的是滿會撐的。

「店長小姐，我猜他應該有把牙齒拿去其他城鎮賣掉。不然我不認為他會隨身帶那麼多現金過來。」

「我也這麼覺得。我曾看他騎馬出去又回來好幾次。」

「因為冰牙蝙蝠的牙齒體積很小，又可以賣很多錢嘛。呵呵呵……」

「妳怎麼了嗎？店長小姐。笑得怪裡怪氣的。」

「沒什麼，只是覺得情況跟我想的一樣。」

知道他採取的行動完全一如我所料，就不禁笑了出來。

「什麼意思？」

「艾莉絲小姐，妳覺得在這個村子弄到牙齒的話，會拿到哪裡去賣？」

「一般會是去南斯托拉格吧。畢竟那裡離這裡最近。雖然也可以去其他小村落或城鎮，只是相對沒有效率。」

「是啊。那，他會賣給誰？」

「……一般人不會買。所以會賣給鍊金術師。」

「對。然後，南斯托拉格有一個鍊金術師是我認識的熟人。」

我這麼說完，凱特小姐就直直凝視著我，像是察覺到我話中的意思。

「妳該不會有事先聯絡對方吧？」

「對。我在決定對抗那個商人之後就馬上聯絡她了。我請她故意用勉強不會讓人起疑心的價格坑那個商人的錢。」

我請達爾納先生幫我把寫著整件事情來龍去脈的信轉交給雷奧諾拉小姐。

這樣雷奧諾拉可以買到很便宜的牙齒，我也可以抑制商人的資金來源。

要是坑錢坑過頭收購不到商人那裡的冰牙蝙蝠牙齒，我也會負責提供牙齒給雷奧諾拉小姐，所以她不需要擔心缺貨。

其實那個商人也可能拿去黑心鍊金術師那邊賣，但到時候還是有其他方法可以處理。

不論商人跟黑心鍊金術師是不是一夥的，做那種黑心生意的鍊金術師不可能會有多少資金。

我只需要提供更多牙齒，讓他收購不了就好。

「妳想得還真周到……明明長得這麼嬌小。」

「用不著說我嬌小！我以後還會再繼續長大！」

我大力強調，卻換來艾莉絲小姐她們關愛的視線。

「這……很難吧？」

「為什麼！」

「呃，因為店長閣下已經成年了吧？雖然看不太出來。」

「什麼看不太出來！」

「大多人在成年時就不會長大了。是有人在成年後也繼續長高……可是這種例子很少。」

「……就當作我未來會是少數例子之一吧？」

艾莉絲小姐露出苦笑，搖頭否定我的期望。

「雖然這麼說會潑妳冷水，可是在孤兒院長大的小孩大多很嬌小。因為他們小時候吃的東西一定不多。」

「唔……」

我……很懂。

當初是不至於挨餓，卻也不能吃得很飽。

而且我沒怎麼付出勞力，有點不好意思跟別人吃一樣多……

「沒關係。反正店長小姐這樣就夠可愛了。」

「是啊，妳不需要在意這點小事吧。店長閣下除了長得比較嬌小以外，也還有很多厲害的長處啊。」

「這樣根本沒安慰到我！妳們兩個是身材都很好，才說得出這種話啦！可惡！可惡！」

我開始攻擊她們很有彈性的某個部位。

可惡。分量跟我完全不一樣嘛。

「……如果妳們還不了錢，我就拿妳們的『這個』來抵債。」

我小聲說出的這句話，讓艾莉絲小姐她們連忙跟我保持距離，用雙手護住自己的胸部。

「別……別說這麼恐怖的話！」

「對啊。而且拿這個抵債也沒意義吧！……應該沒有吧？應該不是鍊金術師有辦法找出什麼用途的意思吧？」

「嗯……也不是不能拿來做什麼，但我只是想要洩憤。」

「住手！不要只是想洩憤就做這麼恐怖的事情！」

我看到她們一臉緊張地發出哀號也舒爽多了，聳聳肩笑說：

「我開玩笑的。其實真的很需要的話，還是可以用鍊藥改善。而且身高跟身材都可以。」

艾莉絲小姐她們聽到我這麼說，也稍稍鬆了口氣。

我再怎麼樣也不會做那麼過分的事情好不好。

「真不愧是鍊金術師，太萬能了。」

「那，店長小姐是不是真的過一陣子就會再長高了？」

「不，我不打算用那種鍊藥。」

因為父母唯一的遺物，就是我這副身體了。

我完全不打算用非天然的方式改變自己的身體。

所以我才期待可以用正常的方式長大……只是可能希望渺茫。

還是會忍不住覺得有點可惜。

「……看來店長閣下很愛自己的父母。」

「嗯。他們過世的時候我還很小，而且他們常常不在家，其實沒多少特別的回憶，不過我還是認為他們是很值得我尊敬的父母。」

「店長閣下真的太厲害了。妳不只很愛父母，也沒有因為變成孤兒就自暴自棄，最後還努力當上了鍊金術師。」

「是啊。雖然很多孤兒都夢想成為鍊金術師，但也不是說想當就能成功當上。」

她們用敬佩語氣說出的這段話，讓我的臉頰不禁開始發燙。

「妳……妳們怎麼突然誇獎我啊？這樣我會害羞……」

我的確是很努力用功讀書，可是也是因為有師父、孤兒院的老師跟其他一樣在孤兒院的孩子幫忙，才能有現在的成就。

所以被人這樣直接誇獎，我會很難為情。

「……咳咳。總之，我們還有很多冰牙蝙蝠的牙齒。再繼續賣給他。」

「呵呵。好，交給我們吧。我們會去撈他的錢撈個夠。」

「是啊。畢竟他可是個會用高價收購牙齒的搖錢樹呢。」

「嗯，那就再麻煩你們了。我明天會出門一趟。」

「哦？妳要去哪裡？」

「我要去南斯托拉格開作戰會議。」

我一說完，就發出「呵呵呵」的奸笑聲。

◇ ◇ ◇

「妳好～雷奧諾拉小姐。」

「啊，珊樂莎，好久不見。妳的計畫讓我賺得很開心呢。」

隔天，我一到南斯托拉格，雷奧諾拉小姐就用非常燦爛的笑容迎接我的到來。

「啊，他果然是拿來這裡賣嗎？」

「是啊。我坑了他不少錢呢。他每次帶新一批過來，我就會把收購價調低一點。」

「那，妳應該賺得錢包很滿吧？」

我笑著說完，雷奧諾拉小姐也露出奸笑。

「是啊，真的是賺得錢包飽飽的。現在收購價已經調低到比市價低很多了，但是他還是會拿來賣，應該是快撐不住了吧？」

「這還很難說。我比較擔心是他可能會帶去給另一個鍊金術師收購……」

「喔，妳說那傢伙啊？他的店早就沒了。」

「——咦？沒了？」

「他做不下去了。大概是因為他收購不到你們村子的材料，再加上我也動了一些小手腳教訓他。」

「……」

雷奧諾拉小姐再次露出奸笑。

雖然不至於像師父那麼厲害，卻也可以從她的表情看出她的確經驗老道。

可是這樣不是「他做不下去」，是雷奧諾拉小姐「害他做不下去」吧？

反正少了一個黑心鍊金術師對整個業界來說是好事，我不會同情他。

「所以，妳這邊的冰牙蝙蝠牙齒存貨很充足是嗎？」

「是啊。妳特地拿了一批要來給我嗎？抱歉還讓妳這麼費心。」

「不會，反正我有其他材料要賣，也需要買點東西。」

畢竟是我請她幫忙，當然需要準備一些謝禮。

而且受託賣牙齒給商人的那些採集家也不是顧著遊手好閒。

沒有冰牙蝙蝠可以獵的他們會去採集其他材料，拿到我這邊來賣。
我把收購來的材料擺在櫃檯上，跟雷奧諾拉小姐進行一道有一半是以物易物的交易。
我需要的東西這裡幾乎都有，真的很方便。
「……話說，妳這裡幾乎都有我需要的東西耶。」
雷奧諾拉小姐一聽到我這麼說，就面露微笑。
「那當然。你們村子幾乎不會有人訂鍊器吧？那妳現在應該會需要《鍊金術大全》……第四集到第五集要用的材料。還有做給村子裡的人的鍊藥材料而已，對不對？」
「沒錯。妳真會猜。」
沒想到她連我現在在處理的集數都猜對了。
「畢竟我當鍊金術師的時間是妳的好幾倍嘛！我是沒有大師級的那麼厲害啦，但也對自己的技術滿有自信的。」
「我也很高興相對近一點的地方就有經驗豐富的前輩可以依靠。我當初剛到那個村子的時候，真的一時之間不知道該怎麼辦才好。」
「可是，妳應該直接跟師父求助就好了吧？」
「我願意開口的話，師父應該是會幫我，可是我都拒絕在師父的店裡修練了，實在不好意思太依賴——」

「什麼！妳居然拒絕在大師級鍊金術師的店裡工作？真的？」

我還沒說完，雷奧諾拉小姐就大聲問道。

「嗯，真的。」

「如果是我在畢業的時候被她問要不要直接在她店裡工作，我一定二話不說就答應了。那樣不是可以保證以後的人生都一帆風順嗎？」

「我也這麼覺得，可是那樣就沒辦法累積更多經驗了……啊，沒有，我的意思是應該可以吸收到鍊金術師這條路上的寶貴經驗，但是會缺乏人生經驗……」

「……看來會被大師級鍊金術師選為徒弟的人，跟我們這些一般人不太一樣。」

雷奧諾拉小姐用有些傻眼，卻又帶著一點敬畏的眼神看著我。

為什麼？

「算了，這不重要。那，珊樂莎，妳今天要住下來嗎？我有去調查那個商人的底細，想跟妳仔細談談。」

「啊，真的嗎？我當然是沒有理由拒絕……」

「那就這麼決定了！妳午餐吃了嗎？」

「還沒。我本來想先吃飽再過來，但是時間有點尷尬。」

我今天有考慮到一些因素，就不像上次是一大清早出門，而是再稍微晚一點點。

所以我抵達南斯托拉格的時候已經接近中午了。

這個時間要吃午餐還有點太早，餐廳也幾乎都還沒開門，我才會先來找雷奧諾拉小姐。

「也對。要出去吃也是可以，不過這個時間……」

雷奧諾拉小姐稍做思考之後，就轉頭看往後頭，往裡面大喊。

「喂～午餐夠三個人吃嗎～？」

「……夠啊～」

聽到隔了一小段空檔才傳來的回答以後，雷奧諾拉小姐就回過頭來，笑著說：

「既然夠吃，妳今天就在我這裡吃吧。我這裡的店員煮的飯也還算滿好吃的。」

我在雷奧諾拉小姐的帶領下來到更裡面的地方，就看到一名跟她差不多年紀的女子正在把餐點放到餐桌上。

她給人的印象很溫和，身高比雷奧諾拉小姐矮一點。

淡褐色的長髮則是在後腦勺的地方綁成一條馬尾。

「我叫做珊樂莎。請多多指教。」

「啊，妳不用這麼拘謹。我叫菲利歐妮。就像妳看到的，我是諾拉的……雷奧諾拉店裡的店員。我會負責顧店，或是幫她做些雜事之類的。」

我打完招呼之後，菲利歐妮小姐就揮了揮手，語氣輕鬆地笑著回答。

「來，坐吧。」

「謝謝。我突然來拜訪，會不會造成妳們的困擾？」

「沒關係。諾拉做生意賺得不少，所以食物的存量不會太吃緊。雖然也沒辦法招待妳吃大餐就是了。」

說是這麼說，桌上卻是擺著麵包、湯、煸炒雞肉，還有在蛋裡面加上蔬菜一起烤的料理。

這對一般人來說已經是大餐了。

尤其小村莊很難弄到蛋類食品。

「看起來好好吃！」

「是嗎？那真是太好了。希望會合妳的胃口……我們趁熱吃吧。諾拉也過來坐。」

「好、好。那我們開動吧。」

「好，我開動了。」

我決定……先從湯開始喝。

用湯匙舀一口……嗯，味道很清爽。

但是也能吃到蔬菜的精華，還有用肉乾熬煮過的味道，很好吃。

我接著咬了一口麵包，換吃吃看蛋。

裡面夾雜各種蔬菜的這道料理其實算很高級。

全部吃掉會感覺到慢慢擴散開來的蛋味跟蔬菜味混合在一起，一樣很好吃。

如果說師父那邊的瑪莉亞小姐是專業廚師，那菲利歐妮小姐應該就像是很會做菜的媽媽？

「怎麼樣？我們家的廚師廚藝也不錯吧？」

「真的很好吃。在外面很難吃到這麼好吃的料理。」

「謝謝誇獎。雖然我不是她的廚師啦——這孩子就是諾拉妳提過的鍊金術師吧？長得滿可愛的，還這麼乖巧。」

「對吧？所以妳知道我為什麼覺得一定要保護好她了吧？」

「咦？原來我在不知不覺間變成被保護的立場了嗎？」

我這句話讓雷奧諾拉小姐抓了抓頭，面露苦笑。

「啊～因為我不太放心讓妳自己去找地方住。總覺得妳會不小心住到奇怪的旅店。」

原來是因為這樣，那時候才會叫我在這裡住下來。

我的確是不熟怎麼判斷一間旅店正不正常。

「對了，我那時候留下來過夜，都沒看到菲利歐妮小姐……」

「我那時候剛好要出門處理一些事情。妳那次住下來還可以嗎？她有沒有給妳吃奇怪的東西？」

「不，沒有什麼問題……雖然餐點相對簡單了一點。」
「果然。不好意思啊，諾拉她不太會煮飯。」
雷奧諾拉小姐看到菲利歐妮小姐嘆氣跟搖頭，就噘起嘴唇鬧彆扭。
「沒差啦～反正菲會幫我煮，不會煮又不會怎麼樣～」
「唉，我知道妳很想把心力集中在鍊金術上，可是我希望妳也可以多少做做其他事情。」
「我才不要。我就是想要有人幫我做其他事情，才會找妳來當店員啊。」
雷奧諾拉小姐直截了當地拒絕，讓菲利歐妮小姐的眉毛抽動了一下。
「……我其實要辭掉這裡的工作也沒差喔。」
「謝謝妳平常幫我處理這麼多事情！拜託妳不要拋棄我！」
菲利歐妮小姐撥開馬上抓著她求饒的雷奧諾拉小姐，嘆了一口氣。
「抱歉，妳的鍊金術師前輩年紀不小了還這個樣子。」
「沒……沒關係……妳們認識很久了嗎？」
「說來遺憾，我們不知不覺就認識很久了。」
「嗯，我跟菲是在我剛開店沒多久的時候認識的……應該超過十年了？」
「是啊。」
菲歐莉妮小姐表示用手指計算年數的雷奧諾拉小姐沒說錯。

師父跟瑪莉亞小姐好像也認識很久，說不定在鍊金術師店工作的店員基本上都會做很久。畢竟做這一行一定要有專業知識，擁有這些知識的人離開會是相當嚴重的損失。

而且有一定能力的鍊金術師應該都有餘裕支付高額薪水，受聘的店員也很難找到比待在鍊金術店更好的工作。

「我也有另外僱店員，看來鍊金術師一開店就很難避免找店員來幫忙呢。」

「雖然剛開店的時候沒什麼錢，也很難找到真的適合的店員，不過一般應該還是會想盡可能找個店員。畢竟沒有人幫忙顧店的話，就沒時間碰鍊金術了。」

「果然。自己顧店的話，白天都不能專心處理鍊金術工作，打烊以後才弄也會被打掃跟煮飯之類的雜事占用時間。而且也很難像我現在這樣騰出時間到其他城鎮補貨。」

「是啊。所以菲會幫我做很多事情真的超方便的～」

「我一開始只是被僱來當店員而已。現在還要幫諾拉煮飯跟打掃家裡，甚至幫她洗衣服。因為她完全不做家事……」

菲利歐妮小姐說完，就傷腦筋地嘆了口氣。

「哈哈哈，謝謝妳幫我分擔這麼多事情。不過，遇到跟自己太合得來的店員也是滿困擾的。」

「是嗎？」

店員跟自己合得來會比較方便經營，應該很好啊……

「嗯，會覺得是不是一直維持現狀就好了。」

「結果就讓諾拉都這個年紀了還沒結婚。」

「妳自己還不是一樣！」

「所以我才要特地提醒啊。珊樂莎妳也要小心點喔，等妳開始覺得跟店員相處起來很輕鬆，就快要來不及了。因為那就是『結不了婚』的命運正在逼近妳的腳步聲。」

「哈哈哈……」

我對深深嘆氣的兩人回以一道乾笑。

結不了婚啊……我已經能聽到她說的腳步聲了。

「可是合不來就不能長期合作，也會很麻煩就是了～」

「這麼說也沒錯。畢竟要學的東西很多，沒辦法馬上全部學會。」

合不來的話，對方就不會在店裡待到學好工作的訣竅。

合得來又能長久在店裡幫忙，也會很捨不得失去難得可以處理鍊金術店業務的店員。

「……呃，這個問題是不是根本無解？」

「嗯。雖然也是可以只讓店員負責店裡的工作，鍊金術師自己處理家務——」

「可是，應該愈是優秀的鍊金術師，就愈難自己做家事吧？諾拉也是一開始碰鍊金術，就會弄到廢寢忘食。」

「因為會愈弄愈起勁，不小心就弄到忘我了嘛～鍊金術師都會這樣啦！」

「結果我因為實在看不慣家裡愈來愈髒亂，就開始幫她打掃家裡。搞得現在……」

「家事全都交給她做了。嗯。」

「唉……珊樂莎妳如果想要結婚，也要小心一點喔。」

菲利歐妮小姐深深嘆氣，提醒我要多加注意。我不禁流下冷汗。

「我……我會銘記在心。」

我應該還不用擔心吧？

反正我還很年輕。嗯。

「好了。我們來談談工作——談談那個商人吧。」

吃完好吃的午餐，菲利歐妮小姐也去顧店了之後，雷奧諾拉小姐就提議開始談正事。

「好。麻煩妳了。」

「嗯。不過，我們應該會談很久，我拿點喝的……珊樂莎，妳介意喝先泡好放著的茶嗎？因為泡茶我也是全交給菲處理。」

她接著說「而且也不好意思現在又叫她來幫忙泡茶」。我表示喝先泡好的也沒關係以後，雷奧諾拉小姐就端出了冰冰涼涼的茶。

這種茶跟我最近常喝的蘇耶茶不同，它是淡褐色的，還飄散著好聞的香氣。

我不曾喝過這種茶，但喝喝跟平常不一樣的茶也不錯。

「呼，好好喝——妳這裡果然也有冷藏櫃。」

「雖然是菲幫我泡的。不過，應該大部分鍊金術師都有冷藏櫃吧？畢竟想求進步，就一定需要做過一次。」

我聽出她言外之意是：「妳應該也是吧？」便點了點頭。

「果然。時機對的話是可以做來賣，賣不出去就只能自己用了。妳在那個村子裡應該……」

「嗯，賣不出去——不對，我打一開始就不認為會有人買，就乾脆直接配合我家廚房來設計了。也順便做了冷凍櫃。」

「喔，這兩種果然一般都會一起做。雖然不是夏天的時候就很少用。」

「是啊。我家冷凍櫃也——啊，現在裡面裝著冰牙蝙蝠的水果。」

「妳居然把牠們的水果帶回去了？啊～不過這個時節剛好很適合撿牠們的水果。而且妳親自去的話，要帶回家也不是什麼難事。」

「村子附近洞窟裡的冰牙蝙蝠很久沒有人去狩獵，群體數量大得很嚇人。我們也撿了不少水果回來——要不要分一些給妳？」

「我也可以拿嗎？那種水果很珍貴耶。」

「反正我對結凍的水果沒什麼興趣，也不知道該賣給誰，正準備問師父有沒有管道可以賣掉它。」

現在那些水果都放在冷凍櫃裡，沒有人想去動它。

我本來也打算吃吃看，可是安德烈先生他們帶回去吃的感想是「我覺得算……好吃吧」、「喝一般的酒就好了」，還有「有種很高級的味道」。

這些感想不會讓我想趕快吃吃看，而且他們也沒有想再多吃幾顆，直接要我把那些水果拿去賣掉。

「既然這樣，那妳可以分幾顆給我嗎？我想試試看它的味道，順便當聊天的話題。」

「好。那我下次來的時候再帶過來。結凍水果不方便請別人順便帶來，應該會需要讓妳等上一陣子。」

「嗯，沒關係。妳下次要補貨再帶來就好。」

因為沒有任何保冷措施會融化，只能我自己帶過來。

我們談好她需要的結凍水果數量跟收購價格之後，再重新回到正題。

「那個商人叫做都仕・窩德（都是我的）。他在南斯托拉格有開店。算是個事業做得稍微大一點的商人。」

也就是稱不上大商人，卻也算是事業做得有點規模的商人。
似乎也是因為這樣，雷奧諾拉小姐才能相對輕鬆地查出對方身分。
「他買賣的商品好像有鍊金材料、鍊器，還有鍊藥……」
「他不只有買賣材料，連鍊藥都有嗎？」
「對。而且問題就在他會買賣鍊藥。」
有些鍊金術要用的材料不需要經過特殊處理，品質也不太會劣化，而且也可以買鍊金術師處理好的材料。
至於鍊器部分，如果他買賣的是像冷卻帽子那種容易感覺到效果的產品，倒也不奇怪。
不過，鍊藥就不太一樣了。
鍊藥只用看的也看不出效果，有效期限也會依據存放的方式改變。
而且一般會用到鍊藥的時機都是在買下來的一段時間過後。
這樣會導致就算沒有藥效，或是產生奇怪的效果，也很難找他客訴。因為他可以用一句「是你存放的方式不對」打發掉。
所以，跟鍊金術師以外的人買鍊藥的風險非常高，一般商人也很難販賣鍊藥。
「我有點在意他都是賣給誰，可是他又是從哪裡進貨的？是他底下有專屬的鍊金術師嗎？」
「很接近妳說的情況。都仕好像會利用跟他借錢——不對，是被他害到得揹一屁股債的鍊金術師。而且手法好像很惡劣。」

「被害到揹一屁股債？」

我一提及聽起來不太對勁的說法，雷奧諾拉小姐不悅的神色就開始摻雜起一絲憤怒。

「對。我調查之後，發現每一個揹債的鍊金術師都是被他陷害的。」

「他這樣不會被繩之以法嗎？」

「我調查到的情況是他的手法惡劣歸惡劣，卻也不是很明顯違法，很難逮捕他。」

唔唔……這倒是沒錯。

他在我們村子裡做的事情也差不多是在灰色地帶，可能跟領主告發也沒有用。

「還有，受害的全是年輕人這點也很可惡。」

「他是看年輕鍊金術師缺乏經驗，才設局陷害嗎？」

「我也這麼認為。剛開店的時候，不是都沒什麼錢嗎？而且鍊金術的材料都很貴，一不小心失手，就會一口氣損失很大一筆錢……」

「嗯，的確。」

比如說，有人委託製作價格偏高的鍊器。

做法簡單的鍊器可能還好，但如果因為太過自信，就挑戰比較難的鍊器……

萬一不小心失敗了，就會出大事。

假如手邊資金充足，只需要重新買材料再做過就好。

鍊器的價格會訂在可以允許鍊金術師失手一次的範圍，做第二次有成功就不至於虧損。

可是，要是當事人沒有錢呢？

屆時就只能選擇拒絕委託，吞下虧損；又或是借錢重新挑戰。

這時候再失敗一次，就只是純粹多了一筆債務。

「如果完全是自己不小心失手，就只能認賠了，可是換作是被人陷害……」

其實應該有很多設下圈套的手法，例如在鍊金術師沒錢的時候，突然來了一個願意用比較便宜的價格賣材料給當事人的商人……一般一定會毫不猶豫買下去。

不過，萬一商人賣的材料被動了手腳，讓人容易做壞掉呢？

雖然光是看不出材料被動過手腳，就不是一個合格的鍊金術師了。

「很惡劣吧？」

「的確很惡劣。」

我不認識那些受害的人，可是他們跟我一樣是鍊金術師，還跟我差不多年紀。

「……啊，我該不會變成那個商人的下手目標了吧？」

我腦海裡突然浮現這個想法，而我一說出口，雷奧諾拉小姐就傻眼地嘆了口氣。

「妳現在才發現嗎？妳鐵定是他下一個下手的目標。畢竟稍微調查過妳的來歷，就會覺得妳是很好騙的大肥羊。」

剛從學校畢業的菜鳥鍊金術師。

買了鄉下地方的便宜店面來經營。

百分之百涉世未深。

哇！看起來真是超好騙的！

——雖然這個人就是我。

「不過，這次他完全找錯下手的目標了。他惹到妳不會有好下場。」

「咦……？妳講得好像我是壞人一樣……」

「妳雖然不壞，卻也不能太低估妳的能耐啊。」

「是嗎？我是個沒什麼經驗的鍊金術師耶。還只是一隻菜鳥而已。」

我沒道理被說得那麼誇張。

但是，雷奧諾拉小姐卻是半瞇著眼，用很傻眼的語氣說：

「菜鳥才不會跑來我這裡套招惡整那個商人好不好。一般頂多跟自己住的村子裡的居民講好，可是妳不是。而且妳該不會不只來找我幫忙，連附近幾個城鎮都是妳的人吧？」

「我沒有想那麼多啦……我只有猜妳收購到大量冰牙蝙蝠牙齒的話，應該就會再賣到其他地方。」

其他就是順手拿一些冰牙蝙蝠牙齒給格雷茲先生而已，真的。

順便叮嚀他要在停下來做生意的地方換成現金。

「妳在這方面真的想得很周到……對，我也有故意賣去其他地方。所以這附近的冰牙蝙蝠牙齒價格正在大暴跌。」

「哎呀呀。那大量收購的人會很吃虧呢。」

太可憐了。

我笑著說完，雷奧諾拉小姐就搖了搖頭，面露苦笑。

「妳還真敢說。我都覺得妳這張笑容有點恐怖了。但反正好像就是都仕害得冰牙蝙蝠牙齒的價格一直到前陣子都在漲價，我一點都不想同情他。」

「喔，原來連漲價都有他的份啊。」

而我們又剛好外銷了很多牙齒——應該說是用牙齒當材料的鍊器，他才會跑來我們村子。

「老實說，一個不遵守規矩的商人擅自操弄鍊金材料的價格，也只會造成我們的困擾。」

「是啊。被一個只想著利潤的人隨便亂搞，會衍生出大麻煩。」

因為鍊金術師除了被規定不可以擅自調低價格賤賣以外，還有其他各種限制。

而且這是國家的政策，無視規則大搞破壞的話，就會有可怕的人上門關切。

「對吧？所以我想盡可能趁這個機會搞垮那個都仕・窩德。妳願意幫這個忙嗎？」

「嗯，當然沒問題。有我幫得上忙的事情，我盡量幫。」
黑心商人就應該從這個世界上消失。
不需要手下留情。
之後，我跟雷奧諾拉小姐一起想了幾種可能會發生的情況，並擬定可以確實造成都仕損失的方案。
再接著依據每種可能的情況分配彼此的工作，仔細講好每個環節。
「我真的很佩服雷奧諾拉小姐。妳居然連我沒注意到的地方都想好了。」
「不不不，妳也很厲害啊。厲害到我很不敢置信妳年紀還這麼小。」
「是嗎？不過，照計畫進行應該可以順利搞垮他。」
就現階段看來，也幾乎百分之百是我們會贏。
而都仕貪心的程度，也會影響到他最後會落魄成什麼樣子。
真是太痛快了。
「真期待他會有什麼樣的下場。」
「嗯，是啊。」
雷奧諾拉小姐臉上浮現非常燦爛的奸笑，而我也露出可愛的微笑。

——至於剛好走進來的菲利歐妮小姐小聲說的那句「妳們真是物以類聚耶……」，就先當作沒聽到吧。

◇◇◇

我跟雷奧諾拉小姐動歪腦筋——不對，是談好生意之後的隔天。

我吃完菲利歐妮小姐做的已經不算早的早餐，就動身離開了南斯托拉格。

許多事情進展得很順利，讓我的腳步輕快地持續跑在回村子的路上。

不過，途中卻發生一件潑了我冷水的事情。

就在我快抵達村子的時候。

道路旁邊的樹叢裡忽然竄出大約十名男子，擋住我的去路。

「呃……喂！給我站住！」

聽到這群拿著武器的男子大喊，我也立刻停下腳步。

還在地面上留下緊急煞車的痕跡。

男子們看我停下來，也稍稍鬆了口氣。

「很……很好，妳滿聽話的嘛。」

他們看起來有點畏畏縮縮的，大概是因為我跑步的速度比一般馬匹還要快吧。

……其實我也可以不理他們，直接跑過去，但是他們都特地鼓起勇氣出來了。

我不停下來就太不給面子了，對吧？

反正人數也不多……呵呵呵。

「那，你們找我有什麼事嗎？」

「還問『什麼事』啊。妳看了還不知道嗎？啊？」

「哈哈哈，沒想到目標竟然是這麼小的小鬼！」

「原來這工作挺輕鬆的嘛！」

這群男子不知道是不是看到我比較嬌小就放下了戒心，態度突然囂張起來。

算了，還是直接說他們是盜賊吧。

「你們膽子滿大的嘛，竟然想對鍊金術師出手。」

「哈！只有腦子特別發達的鍊金術師又有多厲害了？」

「呀哈哈哈，像貴族也是沒了護衛，就會直接變成好賺的肥羊啊。」

我試著警告他們不要輕舉妄動，卻換來幾句愚蠢的回答。

他們太不經過大腦的言論，讓我不禁嘆了口氣。

「唉……一般人果然很容易認為鍊金術師只是比較聰明一點。」

「啊？妳這臭小鬼在說什麼啊？」
「喂喂喂，妳這樣虛張聲勢也嚇不倒我們啦。」
「是啊。喂，把妳身上的錢全部交出來！這樣我們還可以饒妳一命。但也就只是饒妳一命而已喔。」
「嘿嘿嘿嘿，原來你喜歡這種乾癟癟的小鬼啊？嘿嘿。」
「乾癟癟？『力彈』。」
露出下流奸笑的其中一個盜賊瞬間被往後彈飛，摔落地面。
然後又翻滾了十幾公尺，停下來的時候已經一動也不動。
「「「…………」」」
目睹這幅震撼光景的盜賊們立刻變得啞口無言。
「鍊金術師是會用魔法的。你們不知道嗎？」
我說完就對他們展現微笑，而盜賊們也在回過神來之後，一同舉起自己手上的武器。
「呃……喂！所有人一起上！逼她分心應該就用不了魔法了！」
「你這個想法還不錯，只是很可惜，我也會劍術。就像這樣。『力彈』。而且，我可以一邊移動，一邊用魔法。再一次，『力彈』。」
我又接著打飛兩個人，並拔出劍。

一般盜賊的動作，根本不能跟可以用魔力強化體能的我相提並論。有點智慧的人應該看到我跑那麼快，就不會想攻擊我才對。

雖然夠聰明的話，就不會跑來做盜賊這一行了。

我繞到一起朝我展開攻勢的盜賊身後，砍死其中幾個盜賊，讓這群盜賊的人數在短時間內只剩下不到原本的一半。

一直到這時候，才終於有盜賊開始著急起來，大喊：

「等……等一下！妳先別衝動！我們……我們做一筆交易吧！」

我一聽到這句話，便決定暫時停止攻擊。

「交易？」

「對！我們只是收錢幫人辦事而已！拜託放過我們吧！」

盜賊一步步拉開跟我之間的距離，提出自私的要求。我搖搖頭說：

「這樣不算交易。我得不到任何好處。」

「我……我會告訴妳是誰叫我們來的！是商人，對方是個商人！」

「我不在乎對方是誰。而且我也不覺得你們的證詞可以對逮捕那個商人有多少幫助。」

一般要僱用違法人士的話，應該都會做些防範措施。

普通的商人跟盜賊。

不用想也知道哪一邊的證詞比較容易取得信任。

再加上現在會想對我不利的，也就只有某個人吧？

我又不認為我有招惹到一堆人。

「那……那我們把身上所有錢都給妳！求求妳，放過我們吧！好不好？」

「咦？為什麼？我殺死你們一樣可以拿到你們的錢啊？」

「「「這女的有病嗎！」」」

我這番話明明很理所當然，這群盜賊卻驚訝得瞪大眼睛，對我這麼大喊。

他們一直以來都在搶奪其他人的性命跟財物，竟然沒想過自己也可能面臨同樣的命運，實在是太天真了。

而且我心裡打一開始就沒有放過盜賊這個選項。

「抱歉。我們家的家訓說『不可以放過任何一個在路上遇到的盜賊』。因為放過你們這種人，只會換其他人受害。」

我父母每次去補貨回來都會跟我炫耀他們這次打倒了幾隻盜賊。

我小時候還會覺得「用『幾隻』來說盜賊不太好吧？」，不過他們在往來各個城鎮的商人眼裡，可能真的就跟害蟲沒兩樣。

爸爸也曾經說「那些好吃懶做的盜賊竟然想搶走我們商人辛苦賺錢買來的貨，我絕對饒不了

他們！」，尤其爸爸認識的一些商人不像他有能力制伏盜賊，最後死在盜賊手下。

也就是說，殺光盜賊等於是在幫助世人。

這麼做合情合理。

「所以——永別了。」

我露出笑容，對他們揮手道別。

這群盜賊明明說要用身上所有錢換自己的命，卻也沒有多少錢。

——不，我並不是想要他們的錢，才會殺掉他們的喔。

是因為有盜賊把這附近當據點的話，達爾納先生他們很可能會受害，我才會把他們清個一乾二淨。

「不過，我有點意外他們所有人身上的錢湊起來……只有幾千雷亞。」

我還特地花力氣幫他們埋葬，這點錢根本連埋葬費都付不起。

雖然我也不是同情他們才幫忙埋起來，只是覺得路過的人看到屍體應該會很不舒服而已。

除了錢以外，我也撿了他們的武器，應該會送給吉茲德先生處理吧？畢竟品質也不太好。

「再來……沒別的東西了。好。」

我確定沒有忘記處理到什麼之後，便再次朝著村子的方向飛奔。

不久後，我已經可以看到村子的入口了。

同時，我看到一個胖胖的商人就站在村子入口。

他的長相跟我曾經聽艾莉絲小姐她們提過的一樣，所以就算我沒有親眼見過他，也知道那個人應該就是這次要對付的都仕．窩德。

商人一看到我進到村子裡，就連忙跑過來找我。

「妳還好……嗎？」

他跟我說話的語氣很慌張，還在途中顯露出他的困惑。

「你怎麼這麼問？」

「啊，沒有，因為我們商會的人說看到這條路上有盜賊……」

「哦，所以你才特地來關心我的情況嗎？明明我們根本沒見過面。你還真善良呢，謝謝你的關心。」

我不只完全沒受傷，還笑著低頭致謝。看到我這副模樣的商人只短暫顯露出不悅，又馬上掛起笑容。

他表情變得這麼快，的確很像一個商人。

「不會、不會，看來是我操心過頭了。記得妳是這個村子的鍊金術師吧？」

「對，我叫做珊樂莎。請問貴姓大名？我只聽說最近有一位商人待在村子裡。」

「抱歉一直沒來跟妳打聲招呼。我叫做都仕·窩德。請直接叫我都仕吧。」

「好，都仕先生。還請你多多指教了。」

「彼此彼此。那，珊樂莎小姐在路上有遇到盜賊嗎……？」

「嗯，的確有盜賊。只是我請他們離開了。」

「什麼……？盜賊會乖乖聽妳的話離開？」

都仕聽到我直截了當的回應，便困惑問道。

「是啊，他們的確離開了——離開了人世。」

我說完就對都仕投以一道微笑，他的表情瞬間垮了下來。

「啊……哈哈……哈哈哈……這……這樣啊。啊～謝謝妳啊，畢竟有盜賊在我們商人往來的路上作亂，真的會帶來不少麻煩。」

「就是說啊。」

「「……哈哈哈哈。」」

兩道乾到不行的乾笑響徹了周遭。

明明是他自己指使那些盜賊來攻擊我的，虧他臉皮可以厚成這樣。

雖然他藏不住心裡的慌張這一點，倒是看得出他還算不上多有能耐。

「對了，珊樂莎小姐最近有需要冰牙蝙蝠的牙齒嗎？我最近收購了不少牙齒自用，妳需要的話，我可以算妳便宜一點喔。」

「這個嘛……我還有一點點存貨，等全部用光了，我再跟你買。」

都仕一聽到我這麼說，臉上就明顯出現喜悅神色。

看他在這種情況下還沒死心，真不知道該說他很堅持不懈，還是不懂得掌握收手時機。

不過，他不收手也正合我意。

因為他要是現在就收手，我跟雷奧諾拉小姐煞費苦心想出來的作戰計畫就派不上用場了。

看樣子應該也不需要再灑新餌引他上鉤？

「喔喔，這樣啊。妳需要的時候，就來跟我說一聲吧。」

「嗯，到時候就麻煩你了。」

——好。不曉得他還能再撐幾天呢？

「我回來了～」

「妳回來啦，珊樂莎小姐。」

「歡迎回來，店長小姐。」

我一走進店裡，坐在櫃檯的蘿蕾雅就笑著迎接我回來。

坐在一旁的艾莉絲小姐跟凱特小姐則是顯得不知道該怎麼打發時間。

因為我請她們兩個先不要去工作，待在家裡以防萬一。

我本來猜那個商人應該是不會派人來店裡搞破壞，但想想回程遇到的那些盜賊，就覺得有請她們留下來戒備或許是對的。

「店長閣下，情況怎麼樣？」

我點頭回答看起來有點開心的艾莉絲小姐。

「應該可以說很順利。對方現在好像很著急。因為我在回來的路上遇到他派來的盜賊。」

「咦！店長小姐妳沒怎麼……不對，妳本來就不會怎麼樣。」

「我希望妳可以再多擔心我一點，凱特小姐。」

看看旁邊的蘿蕾雅表情多不安啊。

雖然她會這麼不安，大概也不只是因為我遇到危險。

「可是，那些盜賊也沒有傷害到妳吧？」

「是啊。而且我順便把他們全部清理掉了。蘿蕾雅妳也不需要擔心達爾納先生會受害。」

「謝謝妳！我爸爸他不懂怎麼打鬥，所以……」

畢竟這個村子到南斯托拉格的路程基本上都很安全。

也不曾聽說過有盜賊出沒。

不知道該認為是這附近治安保持得很好，還是盜賊覺得在這附近不好賺。

……大概是後者吧。

除了達爾納先生之外，就只有採集家會走那條路。

要搶劫鍛鍊過戰鬥技巧的採集家風險太高，攻擊來自小村子的雜貨店老闆，也不可能搶到多少錢——可是這是以前的情況。

現在有在外銷冷卻帽子，是不是多少到附近巡邏一下比較好……？

「不過，那個商人也還真會撐。」

「大概是錯過還能收手的時機了。花了這麼多錢還沒有賺到利潤，搞不好會讓他的商會經營不下去。」

「我就是想害他做不下去。也已經灑了不少餌等他上鉤。而且我剛才跟他說我的冰牙蝙蝠牙齒快沒存貨了，他看起來開心得很呢。」

我笑著說完這番話，蘿蕾雅就露出有點複雜的神情。

「快沒存貨了……嗎？記得我們這裡存貨還很多吧？」

「嗯。如果只有我自己要用，應該十年都用不完。」

當然也包括拿來做外銷的冷卻帽子要用的牙齒。

也就是說，不管商人這件事最後會是什麼結果，我們村子的冷卻帽子產業都會一帆風順。完全不會受到影響。

「所以那個商人已經被店長閣下玩弄在指掌之間了啊。有點可憐呢。」

「妳說得好像我才是壞人一樣。別忘記這個計畫雷奧諾拉小姐也有份喔。」

不如說，包含收集情報之類的事情在內的話，至少有一半以上都是雷奧諾拉小姐的功勞。

我自己感覺起來是這樣。

但我不知道雷奧諾拉小姐是怎麼想的。

「而且，我聽了那個商人的事蹟之後，覺得最好還是搞垮那個商人，才不會放任他禍害社會。」

我順便把從雷奧諾拉小姐那裡聽來的情報告訴艾莉絲小姐她們。

「——總之，從他以前的事蹟跟派盜賊來攻擊我的行徑來看，應該連害人負債都有動用到嚴重違法的手段。」

「好，這傢伙不能留。」

「是啊，不需要手下留情。」

「太過分了！我們不可以放過這種黑心商人！」

大家很快就得到了共識。

「嗯，我就是打算讓他不能東山再起。」

我表示自己的意見跟大家一致。

不過，我該做的事情也還是跟原本計劃好的一樣就是了。

跟艾莉絲小姐她們提及詳情的大約十天後。

有個肥胖的人影造訪我的店。

「歡迎光臨。咦？記得你是都仕先生吧？今天來我店裡有什麼事嗎？」

對，就是我們要對付的那個商人。

——雖然我口頭上這麼說，其實我早就知道他會來我店裡了。

因為我有很可靠的採集家情報網。

所以我才會代替蘿蕾雅來站櫃檯。

「妳好，珊樂莎小姐。啊～我很在意妳的冰牙蝙蝠牙齒存貨還夠不夠。如果不夠——」

「啊，你說牙齒啊。謝謝你的關心。但是你不需要擔心，我跟熟人談過之後，對方說會賣我便宜一點。」

都仕用乍看很和善的笑容建議我買牙齒，我也面帶笑容回應他。

同時，他的笑容也開始抽搐起來。

「……妳該不會是跟南斯托拉格那邊買吧？」

「是啊。畢竟那是離這裡最近的城鎮。要買材料一定是選那邊吧？」

「唔……可……可是，在南斯托拉格買的話，會需要花錢運回來吧？我這邊還可以談一下價格喔。」

「不了，畢竟我需要到南斯托拉格買的材料不只冰牙蝙蝠牙齒。幸好牙齒不怎麼占空間，我店裡的消耗量也不多，順便買一點回來就很夠用了。」

「這……這樣啊……」

「對。」

我的堅定回答，讓都仕的態度畏縮了起來。

嗯、嗯，你應該差不多要撐不下去了吧～

我從雷奧諾拉小姐那裡聽說你這兩天湊不到錢，就會面臨很大的危機喔。

……她到底是從哪裡收集到這麼多情報的？

連一些內幕消息都弄得到。

「其實我差不多要離開這個村子了。」

「這樣啊。我們村子因為都仕先生熱鬧了不少，你離開會讓這裡變得有點冷清呢。」

「哈哈哈……畢竟我也要做生意嘛。」

大概也是因為還要做生意，他才會想盡可能減少損失……但我覺得已經來不及補救了喔。

「所以我想問一下，妳不介意的話，能不能收購我這邊的冰牙蝙蝠牙齒庫存呢？」

果然會想來賣給我。

畢竟就是我跟雷奧諾拉小姐逼他只能做出這個選擇的。

「可是，我現在不需要冰牙蝙蝠的牙齒……」

「別這麼說嘛，妳就考慮看看吧！」

看到都仕半是懇求地要我買下牙齒，我就將雙手交叉在胸前，故意表現得有點遲疑。

「唔～這個嘛……那你先讓我看看你帶來的牙齒吧。」

「好！」

我清楚表現出「勉強考慮看看」的態度，答應先檢查都仕的冰牙蝙蝠牙齒之後，他就急急忙忙地把帶來的皮袋放到櫃檯上。

我從皮袋裡一手抓出些許牙齒擺好，再一根根仔細檢查品質。

仔細到我花了很多時間檢查每一根牙齒，逼得本來就不耐煩地用指頭敲打桌面的都仕更加心急。

等耗了夠久的時間後，我就很刻意地嘆了口氣。

「嗯……你這些牙齒存放的情況都不是很好。」

「是……是嗎？可是冰牙蝙蝠的牙齒是一種沒有經過特殊處理，也不會壞掉的材料耶！」

都仕臉上浮現摻雜著驚訝、困惑跟憤怒的表情，額頭還冒著冷汗。我身體往後仰，跟逼近我的他保持距離。

「不不不，你這麼說就錯了。冰牙蝙蝠牙齒的確是不容易壞掉的材料。」

「那又為什麼！」

「可是，也只是在採集家獵完冰牙蝙蝠到拿去鍊金術師那裡賣的這段時間不容易壞而已。放得太久，還是會慢慢壞掉。也就是說，它的價值會跟著慢慢降低。」

我說的當然不是謊話。只是放太久也不怎麼影響它一般的用途，要檢查到那麼仔細也很麻煩，我才會大概抓一個價格收購。

畢竟像蘿蕾雅這種不是鍊金術師的人顧店的時候，也沒辦法檢查牙齒已經放了多久。

「那……那我的這些牙齒……？」

「狀態都不是很好。而且量這麼多，會需要花很多時間才能用光它。老實說，應該很多牙齒都會在拿來用之前，變得毫無價值可言。」

——前提是完全不做延長保存期限的措施。

「怎……怎麼會……」

都仕的臉色變得略顯蒼白，額頭上的冷汗還順著臉的輪廓流到下巴，再滴落下來。

呵呵呵，你還好嗎？

是你先做了會惹來大麻煩的事情，才會遭到報應喔。

「反正我也會用到一點，是可以跟你買十根左右……」

「我……我這裡還有超過一萬根牙齒耶！」

「是啊，你真的收購了好多牙齒。」

嗯，我們真的獵了好多冰牙蝙蝠……

多到我忍不住遙望遠方。

「開……開什麼玩笑！」

「你這樣對著我吼，我也沒辦法幫你……你要拿去其他城鎮賣也是可以，可是應該沒多少人想買這麼多，而且這些牙齒會在你運過去的路上變得愈來愈賤價……不曉得等你遇到願意收購的人的時候，會是多少錢呢？」

我刻意強調牙齒會在運送途中變得愈來愈不值錢。

其實價差小到幾乎是誤差，但應該是真的不會有人願意買。

「唔唔唔……」

「你真的很想脫手的話，我也不是不能全部買下來……」

「真……真的嗎？」

我故意賣關子的這句話，讓都仕的表情像是找到救星。

不過，你覺得我會救你嗎？我還被你派來的盜賊攻擊呢。

「當然。只是我沒辦法用一般的方法耗掉這麼多牙齒，會需要用到效率比較差的方法。所以我不能用太高的價錢買。」

「唔唔唔……沒……沒關係。拜託妳買下來！」

「好。那我需要一一鑑定……我想想，請你四天後再來。」

「……什麼？四天後？這樣怎麼來得及！」

都仕的面色一下變得蒼白，一下又漲紅，一刻都不得閒。

「你說來不及，我也是沒辦法啊。你覺得正常這麼多牙齒鑑定起來能有多快？」

「唔唔唔……！」

假設用一根十秒的速度鑑定一萬根牙齒，會花上幾天時間？

如果只在營業時間內鑑定，應該差不多要三天吧？

大概是我婉轉告訴都仕這一點的關係，讓他也無法反駁。

他變得只是不斷嘀咕著：「唔唔唔！唔唔唔！」

「你如果很急，我也是可以馬上付錢買下來——」

「拜……拜託妳了！」

「好。只是我給的價錢會變得很低喔。因為我必須買一批沒有鑑定過狀態的牙齒。」

「唔唔唔唔！沒……沒關係！妳就用這個價格買吧！」

「好。那請你稍候。」

咬牙切齒到感覺都要把牙齒咬碎的都仕答應低價售出後，我也答應他的要求，開始數起牠要賣的冰牙蝙蝠牙齒數量，放進木箱裡。

經過簡單計算之後。我把跟大致算出的價錢等值的硬幣放到桌上。

都仕因為硬幣數量比預料中的還要少，錯愕得下巴都快掉下來了。我對他露出微笑，揮了揮握拳的手，再點點頭說：

「那，我們的交易成立了。」

「混帳東西！」

口出惡言的都仕抓起櫃檯上的硬幣，塞進皮袋裡面。

他已經沒有剛進來店裡那時候的從容了。

也是啦～畢竟南斯托拉格有群人在等他。

「謝謝惠顧～歡迎下次再來～」

「鬼才會再來第二次啦！」

我明明笑著對他揮手道別，他竟然對我這麼凶。

不覺得太過分了嗎？

◇　◇　◇

都仕一離開，面露苦笑的艾莉絲小姐、凱特小姐跟蘿蕾雅就從我身後的門走了出來。

他也知道我有能耐請那些盜賊「離開」，所以我本來就不覺得他會動用暴力，只是艾莉絲小姐她們強調還是要多少防備一下，我才會請她們在後面隨時應對突發狀況。

「店長小姐，妳好像把價錢壓得滿誇張的嘛。」

「咦～沒有啊，我還付了市價一成的錢給他耶。」

「一成？虧那個商人願意用這個價錢賣耶。明明覺得收購價太便宜的話，還是可以拿去南斯托拉格或其他城鎮賣，不是嗎？」

是啊。他本來還有機會拿去其他地方賣。

只是現在不可能了。

「呵呵呵……」

「啊，珊樂莎小姐笑得好邪惡。」

「蘿蕾雅，妳說我笑得很邪惡也太失禮了。我只是有跟人套好招而已。」

「什麼意思？」

「那個商人已經在南斯托拉格賣過大量牙齒了。而且還是用比市價便宜的價格賣出去。妳們覺得收購到那些牙齒的雷奧諾拉小姐做了什麼？」

「她是鍊金術師，一般應該是買來自己用的……」

「——她該不會把牙齒轉賣到附近每個城鎮了吧？」

「凱特小姐妳答對了！」

我用手指彈出聲響，指向凱特小姐。

凱特小姐果然很聰明。

「畢竟她用低於市價的價格收購到一大批，又剛好是這個時節常用的材料。就算賣價訂得比加上運費之後再高一點點都還是算便宜，聽說賣得很好喔。」

而買下那些牙齒的人又會再拿去其他城鎮賣。

也就是說，這附近的冰牙蝙蝠牙齒已經供過於求了。

雖然應該還是會有人願意買少量牙齒，只是都仕手上的牙齒數量跟「少量」兩個字完全沾不上邊。

「既然他會拿來我這裡，就表示他應該有先去雷奧諾拉小姐那邊，但是被說她不願意收購。而且就算那個商人不喜歡我給的價錢，又把牙齒拿去給雷奧諾拉小姐收購，其實也沒差。」

「是嗎？」

「對。只是坑他錢的不是我，變成雷奧諾拉小姐而已。」
「……妳們根本就是一夥的嘛。」
「這樣說很難聽耶，我們只不過是同業合作罷了。而且我們住這麼近，當然要跟彼此打好關係啊。」
互相幫助。
這個詞真是太棒了。
我們絕對不是懷著惡意串通好的。
「可是，他應該也可以選擇去很遠的城鎮賣吧？畢竟量那麼多。」
「嗯，正常狀況下是可行。不過，都仕這次沒有辦法這麼做。」
看我回答得這麼有自信，蘿蕾雅不明所以地微微歪頭問道：
「為什麼？」
「就算他是事業做得有點大的商人，你們覺得他身上會有能讓蘿蕾雅真的嚇到差點暈過去的大筆現金嗎？」
「討……討厭！妳不要一直記著這件事啦！我那時候只是嚇到了一下而已！」
紅著臉不斷拍打我肩膀的蘿蕾雅真的很可愛。而艾莉絲小姐在聽到我這麼問以後先是稍做思考，才搖搖頭。

「我不太懂商人會帶多少錢在身上……但感覺不太可能。」

「是啊，一般商人都是看自己做生意的規模多大，就帶多少現金。只是先不考慮到他買賣的商品、債權之類的整體資產。」

尤其資產沒辦法輕輕鬆鬆換成現金。

也就是說，他必須從其他地方帶現金過來。

「他這次好像跟不少人借了錢。甚至還跟地下管道借。」

「『地下管道』是指什麼？」

「簡單來說，就是犯罪集團吧。雖然都仕自己也是半斤八兩啦。畢竟他有辦法指使盜賊幫他做事。」

一般人當然不可能僱用得了盜賊。所以能僱用盜賊的都仕很明顯跟罪犯有掛勾。

他用一樣的管道借錢，而跟那種管道的人借，卻沒在期限之前還清，又會有什麼下場呢……

「現在那些人就在南斯托拉格等他回去。所以他說什麼都要擠出這筆錢。」

順帶一提，這些全是雷奧諾拉小姐告訴我的。

她雖然沒有師父那麼厲害，卻也是個不能小看的人物。

「那，剛才那個人回到南斯托拉格之後，就會被殺掉嗎……？」

蘿蕾雅的表情看起來有點悲傷。

我倒不覺得他有這麼值得同情，蘿蕾雅真善良。

「別擔心。雷奧諾拉小姐有想好妥協方案。」

「是嗎？太好了。」

只是他能不能活命，還是要看他到底借了多少錢。

萬一借得太多，就是直接死路一條。

而且雷奧諾拉小姐反倒比較希望斬草除根。

要是下手不夠重讓他又捲土重來，會增加不少麻煩。

不過，我也不打算把這件事告訴鬆了口氣的蘿蕾雅。

再偷偷瞥向艾莉絲小姐跟凱特小姐……她們感覺已經發現了。

只是好像也沒有要說出口的意思。

「好，再來只要收拾好殘局，就算圓滿落幕了。」

「殘局？」

「嗯。因為這次請很多人幫忙，要好好跟他們聊一聊才行。所以，蘿蕾雅，我明天又會再出去一段時間，就麻煩妳看店了。」

「喔……？我知道了。」

蘿蕾雅雖然對我婉轉的說法感到疑惑，也依然點頭答應了我的吩咐。

Alchemy Item Catalog

No. 005

鍊金術大全：記載於第九集

製作難度：困難

一般定價：3,800,000雷亞以上

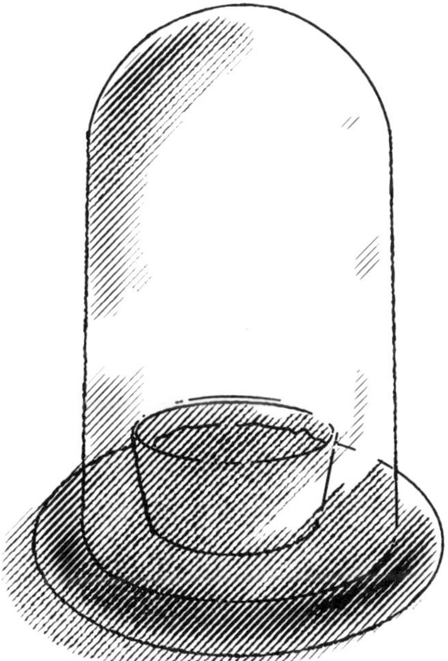

〈完美育苗器〉

妳每次種花都會不小心讓它枯萎嗎？那麼就要推薦妳使用這種鍊器！不論妳想種多麼稀有的植物，只要不忘記補充魔力，都可以順利把它養活養大。總是揮之不去的粗魯印象將會成為過去式。從今天起，妳也可以當個喜愛培育花朵的女生。※效果僅限已知的植物類別。請自備種苗。

epilogue

尾聲

都仕．窩德離開我們村子大約一星期後。

總算搞定殘局的我，正在跟蘿蕾雅她們享受下午茶的時光。

我們正在悠哉吃著師父傳送過來的點心，而且是瑪莉亞小姐親手做的。

蘿蕾雅她們也很喜歡這些在這附近弄不到的好吃點心。

不過，我希望妳們多少可以客氣一點。

因為連我都很少有機會吃到。

「這下終於可以不用天天繃緊神經了。」

「是啊～可是，珊樂莎小姐——」

「怎麼了？」

「妳在那個商人過來我們村子之前也一直都很忙吧？森林裡的地獄焰灰熊也是在妳剛來沒多久的時候跑出來的。」

「……的確。明明我只要能騰出時間碰鍊金術就好了。」

我「呼」地輕輕嘆了口氣，接著艾莉絲小姐又拿起了一個點心吃進嘴裡，笑著說：

「可是，是店長閣下決定要跟那個商人對抗的不是嗎？」

「因為妳們三個都舉手贊成想方法對付他啊。」

「是沒錯……可是妳應該也不後悔吧？」

「不後悔。畢竟就整體來說，除掉那個商人帶來的利益會比較大。」

「應該不只比較大吧……店長小姐這次是不是賺了不少錢？而且其實不會有人用妳跟商人說的方法來消耗牙齒吧？」

凱特小姐說到這裡就笑而不語，讓個性正直的蘿蕾雅訝異地說：

「咦？原來那是騙他的嗎？」

「我沒有騙他。因為的確有把牙齒加工成魔晶石的做法。」

只是非常沒有效率。

因為這種做法是特地去除冰牙蝙蝠牙齒的優點——也就是特別強的冷卻能力，轉換成較為泛用的魔晶石。

其實就像是「我需要水，就找個冰塊來融成水」的意思。

過程中需要花費融化冰塊的成本，而且要用這種魔晶石製作冷卻帽子那樣的鍊器，又要再多花好幾倍的費用。

非常浪費錢。

因此，冰牙蝙蝠的牙齒基本上都是不經過加工，直接使用。

而這次的問題在於冰牙蝙蝠的牙齒用途不多，也沒地方可以賣，所以這次我把很大部分的殘局都推給師父收拾。

反正王都離這裡很遠，可以賣掉不少。

順帶一提，上次把冰牙蝙蝠的水果傳送過去一陣子過後，師父就幫我把大部分換成了大量的酒、硬幣，還有瑪莉亞小姐做的點心。

裡面好像有滿不錯的酒，大部分都被安德烈先生他們開開心心地拿回去喝了。

「所以，妳是真的賺了不少吧？」

「我不否認。」

濫捕冰牙蝙蝠，零花費。

牙齒賣出的價格比市價高好幾倍，賺得荷包滿滿。

收購牙齒又用便宜到不行的價格坑了那個商人一筆。

再把那些坑來的牙齒用低於市價好幾成的價格推給師父。

老實說，我從來沒有一次看過這麼多金幣。

「呃，這些錢要怎麼辦？」

「我畢竟是鍊金術師，會把錢拿去買些材料……不過，大部分都會給大家貸款。」

「貸款？」

「一部分是給狄拉露女士貸款。妳們也知道狄拉露女士的旅店開始擴建了吧？」
「是啊……嗯？原來擴建的錢是店長閣下出的嗎？」
「對。因為這次有請很多採集家來幫忙，算是回饋大家。」
我有支付薪水跟手續費給當天親自來幫忙的人，所以又選了另外的方法貢獻這個村子，也就是擴建旅店。
好像有不少採集家都很困擾旅店已經客滿，甚至連餐廳都進不去的情況，我才會投資幫助解決這個問題。
其實我本來打算完全自己出錢幫忙蓋，但是狄拉露女士堅決表示：「我不能白白收妳這麼大一筆錢啦！」才會變成用貸款的方式出資。
我們最後說好這筆貸款不需要付利息，等擴建好之後有賺錢，再慢慢還清貸款。
「其他還有用來資助被都仕陷害的那些鍊金術師。」
但是這件事很難由我主動出手，所以我請跟我一樣因為這次事件多賺不少錢的雷奧諾拉小姐共同出資，用非常便宜的價格買下都仕的債權。
他大概也不想死吧。聽說……他好像在還款期限的壓力之下拚死命求生路，因此賣掉了所有的債權。
我沒有在場不清楚詳細情形，但是雷奧諾拉小姐跟菲利歐妮小姐跟他談完這筆交易回來的時候，臉上都掛著非常燦爛的笑容。

而他有沒有因此撿回小命……就不知道了。

雷奧諾拉小姐是說：「他的錢可能不太夠他還債呢～」

「這樣啊。那，這間店裡現在應該沒太多現金了吧？太好了。我還以為這裡的地板要被錢壓垮了呢。」

蘿蕾雅好像比較在乎「錢都用掉了」，神情在聽完這些事情以後放心了許多，同時也深深吐了口氣。

「蘿蕾雅，妳這樣講也太誇張——」

「才不誇張！我還一直避免走到放錢的房間附近耶！」

畢竟蘿蕾雅光是看到只跟其中一小部分等值的錢，就快昏倒了嘛。

……不曉得在我們店裡最多錢的時候被她看到，她會有什麼樣的反應？

「店長小姐真善良。那些受害的人是很可憐沒錯，可是店長小姐也沒必要用自己的財產資助他們吧？」

「因為那些鍊金術師也跟我一樣是剛開店的菜鳥，我沒辦法當作事不關己。」

雖然我沒料到人數會比原本預想的多。

「但是那些『菜鳥』年紀都比店長小姐大，不是嗎？」

「的確。而且也比凱特小姐年長。畢竟他們都出來開店了。」

剛離開學校就開店的我才是例外。

一般會到其他鍊金術店花幾年時間鍛鍊，等錢存夠了才開店。

「不過，其實我幫助他們，也不算是損失。因為以後那些鍊金術師就是我跟雷奧諾拉小姐底下的人了。呵呵呵……」

「又……又是這種邪惡的笑容……」

「別擔心，蘿蕾雅。她不會對那些人做多邪惡的事情。」

「是啊，畢竟店長小姐善良過頭了。」

艾莉絲小姐跟凱特小姐在聽到蘿蕾雅的話後面露苦笑，聳了聳肩。

「咦～我才沒有多善良，我會請他們乖乖付清借款，有些時候可能還會需要逼他們幫我的忙。」

「是嗎？那妳會收多少利息？」

「……我現在沒有想到要收多少。」

他們缺錢缺到快喘不過氣了，我總不能還跟他們收利息吧？

尤其他們之前也吃了不少苦。

「而且，店長閣下會需要逼一群不成熟的鍊金術師幫忙嗎？妳遇到麻煩事的時候，不是可以找師父幫忙嗎？」

「……是沒錯。」

而且我也很努力精進自己，實力不會輸給一般的鍊金術師。

「太好了。珊樂莎小姐果然還是一樣善良。」

看到蘿蕾雅笑得這麼燦爛，我也沒繼續多說什麼，只是用茶杯遮起了自己的臉。

後記

好久不見……總覺得距離上一集出版的時間好像也沒久到該說好久不見，總之，大家好，我是いつきみずほ。

非常感謝各位繼第一集之後，也願意拿起這次的第二集。

書籍版有下一點能讓看過網頁版的讀者也能覺得新奇的工夫，讓這集多了不少艾莉絲小姐耍笨的情節。超級大放送。

記得第一集也寫過類似的事情。

……唔唔？那下一集是不是就要增加很多凱特小姐的戲份了？

希望可以順利出到第三集。

雖然能不能出，就要看銷量了。

珊樂莎從小就完美吸收了來自從商父母的「精闢」教誨，並在這次故事當中顯露了較為無情的一面。

她不會對攻擊商人的盜賊，以及妨礙正直商人做生意的黑心商人手下留情。
小時候的教育果然很重要。
珊樂莎並不只是單純長得可愛而已。
畢竟她有能耐獨自來到邊境的小村莊開店嘛。
雖然她有師父特別親筆寫給她的筆記可以參考，可是十五歲就可以自己開店還是很厲害。

那麼，這次後記不會像上一集一樣提到插畫。
這部作品明明就有這麼可愛的插畫，居然隻字不提？
問我為什麼嗎？因為我寫這段後記的時候還沒看到畫好的插畫。
不過沒關係。
我相信這本小說最後一定會得到很棒很好看的插畫。
所以，我要感謝ふーみ大人每次都提供美美的插畫！
還有編輯大人、校稿大人，還有各位協助出版的相關人士，以及親愛的各位讀者大人，真的很謝謝大家對這部作品的支持。
希望我們下次有機會再相見。

いつきみずほ

Special Short Story

[特別加筆短篇]

女人味與做點心

「唔唔唔唔～～」

熬夜了好幾天的我一離開鍊金工坊，就在從窗戶照進來的陽光下大大伸了個懶腰。

可以同時感受到完成工作的成就感跟疲勞的這種感覺還不賴。

「……呼。」

深深吐出一口氣以後，我的肚子就像在抗議一樣發出「咕嚕嚕嚕」的聲音。

我用手輕輕摸著自己的肚子，像是要安撫傳出飢餓訊息的腸胃。

專心的時候不會很在意肚子餓，放鬆下來之後，這種感覺就忽然明顯了起來。

雖然隨便吃點什麼就夠了，但既然都要花時間吃，還是會想吃點好吃的東西。

最近一到中午，就會聞到很香的味道……

「蘿蕾雅～要可以吃午餐了嗎？」

「現在吃午餐還有點早——唉……」

蘿蕾雅一回頭看到走進店裡的我，就看著我的臉發出感覺有點傻眼的嘆息。

等等，妳這樣是不是有點失禮？

我是覺得這樣說想吃午餐有點孩子氣啦，可是也不用這樣吧？

「珊樂莎小姐每次從工坊出來都會變得很沒有女人味耶。總是弄得邋邋遢遢的出來……」

「啊，原來妳嘆氣是嘆這個？可是我應該有保持身體乾淨啊。畢竟我是鍊金術師。」

「那個，我覺得身體乾淨跟外表乾淨是兩回事！妳都有很方便的梳子可以用了，可以至少梳一下頭髮啊。」

蘿蕾雅說完「妳等我一下」就跑去裡面拿梳子出來，開始仔細梳起我的頭髮。

光是給她梳一梳，我蓬蓬鬆鬆的頭髮就馬上被梳得很直，也漸漸變得有光澤。

這是蘿蕾雅拿來的鍊器「潤澤髮梳」的效果。

就算是平常很邋遢的人，都可以用這種神奇梳子常保頭髮潤澤。

——前提是不會懶到連梳都不梳。

「嗯～～♪這把梳子的效果真的好棒。」

「畢竟它也是鍊器嘛。王都也很多人喜歡這種梳子……只是銷量不太好。」

我同意心情看起來很好的蘿蕾雅的感想，卻也稍稍露出了苦笑。

這種梳子很貴，買得起的人並不多，再加上它很耐用，買一把就可以……是不至於可以用一輩子，可是也至少能用半輩子。

所以就算很熱門，銷量也不怎麼樣。

因為這種梳子在鍊金術師眼中，並不是很容易賺取利潤的商品。

「太奇怪了，換作是我，我寧願過得節儉一點也要買到這種梳子……」

「嗯～因為它也不是必需品。」

照理說所有女性都應該會想要有一頭亮麗的秀髮，但它的價格並不是想稍微打扮自己的庶民說想買就買得起的。

這種梳子也可以有效改善在大太陽下務農時曬傷的髮絲，如果它能再便宜一點，農村的居民大概也會很想買，只是它也不像冷卻帽子會影響到工作期間的安全性跟工作效率，比較偏向奢侈品，所以用現在的價格上架，也不可能會有村民想買。

「畢竟我們村子連時髦的衣服都賣不出去，梳子應該更不可能吧～」

「而且它也不像魔導爐特別重，不能降價。」

「要是很便宜，又會全部被行商買走。」

蘿蕾雅這麼說的同時，也俐落地梳完了我的頭髮。她接著幫我綁了一下頭髮，再用從口袋拿出來的緞帶固定住。

「好，弄好了！……嗯♪珊樂莎小姐本來就長得好看，我覺得妳可以多花時間打扮自己！」

「唔～可是我現在對鍊金術的興趣，多過把自己打扮得很漂亮。畢竟時間有限——不過蘿蕾雅就花很多心思在打扮上了吧？」

蘿蕾雅的打扮比我剛來這個村子的時候好看很多。

不只是因為她會在我這裡把身體洗乾淨，也是因為她的衣服比先前更時髦了一點。簡單來說，就是比其他村民的打扮更有「品味」。

「妳這套衣服是自己做的吧？」

「嘿嘿嘿，因為珊樂莎小姐給我很多布料，還讓我有機會看到更多服裝設計的範例。」

「我給的都只是小東西而已，不過看妳這麼開心，也是值得了。」

蘿蕾雅雖然說我給她「很多布料」，其實也只是一些邊角料。

我給最多的是環境調節布的邊角料。這種染成漂亮顏色的布料在蘿蕾雅眼中似乎是非常珍貴的東西。

因為大小不夠做一整套衣服，她就會把特別小塊的縫成緞帶，或是一些小裝飾。拿到稍微大塊一點的布，就會縫成短裙或是披巾。

她真的滿會有效利用多出來的布料。

「對了，珊樂莎小姐，妳可以只把布料染成漂亮的顏色，不加上效果嗎？只是我希望不會花太多錢。」

「可以啊～但便不便宜就難說了……嗯，至少不像環境調節布那麼貴。」

老實說，找我幫忙染也不一定比從別的地方買染好的布便宜。

畢竟我也是高收入的鍊金術師。

「果然沒那麼好的事情……」
「妳要的話，我可以直接做給妳啊。反正妳應該不是要拿來賣吧？」
反正原料不會太貴，不算我的工本費還算相對便宜。
不過，如果她想要把做好的衣服當成雜貨店裡的商品，我就會跟她收原價了。
「那當然！可是要妳免費幫我染布，我會有點過意不去……」
「妳不用放在心上。不過前提是妳不會太頻繁想染。」
「唔唔，雖然我很想要漂亮的布……」
蘿蕾雅聽到我笑著這麼說，就煩惱地嘀咕了起來。
「總之，妳想要再跟我說一聲。我會幫妳染。」
「謝……謝謝妳……不過，珊樂莎小姐明明有能力用染色的布跟梳子之類的技術，卻都沒怎麼好好打扮自己吧？怎麼說……對！妳這樣太浪費自己的女人味了！」
「咦～是嗎？妳是不是把女人味跟財力搞混了？」
「呃……有餘力打扮自己，也是一種女人味。這樣真的太浪費了！妳明明本來就長得很好看，也有足夠的材料跟技術，卻完全——」
哎呀，蘿蕾雅好像講到有點激動起來了。
我對穿著打扮沒什麼興趣，很難陪她聊這方面的話題。

有沒有什麼東西可以讓她冷靜下來……？

「——對了！我認識的人送了點心食譜跟食材過來給我。妳有興趣嗎？」

「而且珊樂莎小姐妳——妳說……點心嗎？」

我成功打斷蘿蕾雅之後，再接著說：

「嗯，對。她很會做料理，所以妳照著她的食譜做，一定會很好吃。」

送我食譜跟食材的當然是瑪莉亞小姐。

大概是因為我有跟師父提到做了魔導烤爐，她才會想送我吧。

「做點心！聽起來就很像都市女生平常享受的樂趣！珊樂莎小姐，我們一起做點心吧！」

雖然不再聊打扮，卻也點燃了她對做點心的熱情。

做點心不像聊打扮那樣難以參與，所以我平常會願意陪她一起做點心，可是現在有點不太想花力氣在這件事上。

「啊～今天妳就自己做吧。我沒有睡飽，沒什麼精神。」

「……唔～是嗎？也對，妳熬夜好幾天了。好。那我會做好吃的點心，妳等我一下！」

「嗯，拜託妳了～那我先休息一下。」

我是不知道做點心是不是「都市女生」的樂趣啦，但既然蘿蕾雅這麼高興，加上我也可以吃到好吃的點心，就沒什麼好計較的了。

我坐到椅子上，一邊看著蘿蕾雅忙碌的背影，一邊把手肘撐在桌上，順著熬夜過後的睡意打起瞌睡。

這種悠哉的氣氛也很不錯。

坐著等就會有好吃的東西送上來。

太棒了。

我想細細品味這段舒適的時光。

不過，店面方向卻傳來呼叫鈴的「喀啷、喀啷」聲，像是刻意來打擾我的美夢。

「啊……」

滿手粉末的蘿蕾雅抬起頭，一臉不知所措。

「啊，沒關係、沒關係。我去就好。」

「對不起。明明我才是負責顧店的……」

「別在意、別在意。我很期待妳做的好吃點心。」

我對向我道歉的蘿蕾雅露出微笑，起身甩開纏著我的睡意。

啊～如果是麻煩的客人，我就要早點把對方趕出店門！

結果來的是一般的客人。

我不能對一般客人太失禮，就像平常一樣很有耐心地待客，意外花了我不少時間。

而廚房也在這段期間開始傳出香味，害我一直很在意……嗯？這味道好像已經不是「香」了？

一打開廚房門，就能清楚聞到烤焦味。

而在我眼前的是手上拿著焦黑餅乾，一臉快要哭出來的蘿蕾雅。

「對……對不起，珊樂莎小姐。我把食材浪費掉了……」

「啊～沒關係。反正第一次嘗試的事情本來就很容易失敗。」

我對一看到我就開口道歉的蘿蕾雅搖搖頭，要她別在意。

我自己在鍊金術這方面也是一直在失敗中摸索答案。

最重要的在於反省自己為什麼會失敗，並努力改善。

「妳知道問題出在哪裡嗎？」

「不知道。我只是照著書上面寫的做而已……」

我從沮喪的蘿蕾雅手中接過食譜，親眼確認內容。

這可是瑪莉亞小姐送過來的食譜。

應該不會寫錯才對……

「我看看……………啊～抱歉，是我的問題。」

「咦？為什麼？」

「嗯。問題在設定溫度的部分。」

魔導烤爐設定溫度的刻度，大多上限會標到十。

而書上寫烤餅乾要把溫度設定在「四到四．五之間」。

但這裡有個陷阱。

就算刻度一樣在十，溫度也會依據烤爐的類型而有所不同。

一般料理用魔導烤爐幾乎不會有差異，可是我這裡的是還能燒瓷器的高檔貨。調到最大刻度的十，會連鐵都被烤到熔化。

依據烤爐類型調整應該調到哪個刻度，對鍊金術師來說是常識。而瑪莉亞小姐當然也知道。

所以她才沒有在送來的食譜上註記，可是蘿蕾雅並不是鍊金術師。

沒有事先說明，她一定會把刻度調成書上寫的數字。

這次的問題就在於我忘記先告訴她這件事。

「抱歉，用這個烤爐的話……調成書上寫的數字四分之一的刻度就可以了。」

「原來如此。那個……我可以再試一次嗎？」

微微低著頭的蘿蕾雅眼神往上看著我，詢問我的意見。我回答「當然沒問題」。

「妳要試幾次都沒問題。反正瑪莉亞小姐送了很多點心材料過來。」

「謝謝妳！我會努力試到可以做出好吃的烤餅乾！」

蘿蕾雅笑著握緊雙拳，並依照她的宣言努力摸索怎麼烤餅乾。

而且是真的嘗試了很多次。

試到連午飯都忘記煮了。

雖然她的努力也沒有白費，練出了一手好手藝……可是我熬夜一整晚沒吃，肚子很餓。

該不會今天的午餐就是餅乾了吧？

我一邊這麼想，一邊咬下烤得有點過頭，帶有一點苦味的酥脆餅乾。

爆肝工程師的異世界狂想曲 1~22 待續

Kadokawa Fantastic Novels

作者：愛七ひろ　插畫：shri

遊歷西方諸國的佐藤，與真正的女神一起觀光!?
溫馨和諧的異世界觀光記第二十二集登場！

與魔王化的巴里恩神國賢者分出勝負後，佐藤一行人開始遊歷西方諸國。在他們眼前，出現了一名密神祕美少女。而她竟然是真正的「女神」……！與自由奔放的女神一同遊山玩水的和平時光轉瞬即逝，察覺到某種麻煩情況的皮朋將「龍蛋」交給了佐藤……

各 **NT$220~280/HK$68~93**

身為VTuber的我因為忘記關台而成了傳說 1~3 待續

Kadokawa Fantastic Novels

作者：七斗七　插畫：塩かずのこ

衝擊性十足的VTuber喜劇，
一如既往的第三集！

心音淡雪終於收到一期生朝霧晴的合作通知：「在單人演唱會的最後一段以驚喜嘉賓身分合唱！」為此，淡雪（小咻瓦）勤奮地練習，卻在首次工商直播裡說出禁忌的話語——盡被極具Live-ON特色的事件糾纏的她，究竟能不能維持住理智呢？

各 **NT$200/HK$67**

【好消息】我的不起眼未婚妻在家有夠可愛。 1~4 待續

Kadokawa Fantastic Novels

作者：氷高悠　插畫：たん旦

第一次的教育旅行以及現場演唱會，
儘管狀況連連，也會有夠開心吧！

我要和小遊去沖繩教育旅行！和蘭夢師姊的店鋪演唱會也將定案！經紀人來家裡，和小遊撞個正著，反應卻令人意想不到？蘭夢師姊想和我的「弟弟」打招呼，我設法蒙混過去卻被她看穿？教育旅行和沖繩公演撞期了，多虧小遊，讓我們有了意想不到的回憶！

各 **NT$200~230/HK$67~77**

被陌生女高中生囚禁的漫畫家 1 待續

Kadokawa Fantastic Novels

作者：穗積潜　原案／插畫：きただりょうま

「你的一切——由我來管理。」
我該設法逃走？還是乖乖聽話？

醒來以後，我看見陌生的天花板，脖子上則有附鏈條的項圈，還有個手拿菜刀的女高中生。就這樣，我的囚禁生活開始了。接下來，我似乎只能待在這個房間，每天專為她一個人提筆作畫。異質女高中生及漫畫家，兩人共度的一個月由此開始——

NT$220/HK$73

記憶縫線YOUR FORMA 1~3 待續

Kadokawa Fantastic Novels

作者：菊石まれほ　插畫：野崎つばた

在網路論壇煽動群眾的駭客〈E〉，其真正的目標是什麼——？

埃緹卡懷抱與哈羅德的敬愛規範有關的祕密，或許是因為壓力過大，電索能力突然劇烈下降。她以一般搜查官的身分參與偵辦新案件，哈羅德也與新的「天才」搭檔。他們兩人分頭追查在網路論壇接連發表國際刑事警察組織的機密事項的駭客〈E〉——

各 NT$220~240/HK$73~80

與其喜歡他，不如選我吧？

Kadokawa Fantastic Novels

作者：アサクラ ネル　插畫：さわやか鮫肌

即使她有喜歡的男生我也要攻略她
臉紅心跳的百合戀愛喜劇揭開序幕！

從小就認識的少女堀宮音音有了喜歡的男生。雖然同是女生，但水澤鹿乃喜歡音音。不知不覺間，音音在鹿乃心中的地位已不只是單純的摯友。儘管如此，鹿乃在百般煩惱後的結論卻是：「就算得不到她的心，也還有機會得到她的身體……！」

NT$220/HK$67

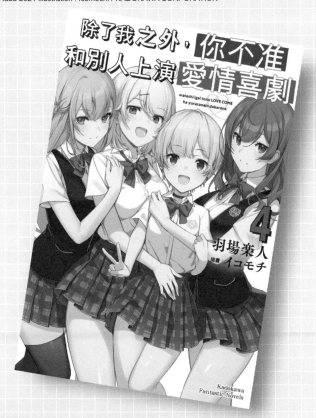

支倉凍砂
Isuna Hasekura
7
新說 狼與辛香料
狼與羊皮紙
Wolf on the parchment.
Kadokawa Fantastic Novels

七魔劍支配天下 1~5 待續

作者：宇野朴人　插畫：ミユキルリア

最強魔法與劍術的戰鬥幻想故事第五集登場！
2020年《這本輕小說真厲害》文庫本部門第一名！

奧利佛和奈奈緒追著被帶進迷宮的皮特來到恩里科的研究所。他們在那裡目睹可怕的魔道深淵，並隱約窺見了魔法師和「異端」漫長的抗爭。另一方面，奧利佛與同志們選定恩里科為下一個復仇對象，他的第二次復仇究竟將迎來什麼樣的結局──

各 **NT$200~290/HK$67~97**

國家圖書館出版品預行編目資料

菜鳥鍊金術師開店營業中．2, 來做生意吧！/ いつきみずほ作；蒼貓譯．-- 初版．-- 臺北市：臺灣角川股份有限公司, 2022.12

面；　公分．-- (Kadokawa fantastic novels)

譯自：新米錬金術師の店舗経営．2, 商売をしよう

ISBN 978-626-352-088-2(平裝)

861.57　　111017185

Kadokawa
Fantastic
Novels

菜鳥鍊金術師開店營業中 2
來做生意吧！

（原著名：新米錬金術師の店舗経営02 商売をしよう）

2022年12月7日　初版第1刷發行

作　者：いつきみずほ
插　畫：ふーみ
譯　者：蒼貓

發行人：岩崎剛人
總編輯：蔡佩芬
編　輯：黎夢萍
美術設計：李思穎
印　務：李明修（主任）、張加恩（主任）、張凱棋

發行所：台灣角川股份有限公司
地　址：104台北市中山區松江路223號3樓
電　話：（02）2515-3000
傳　真：（02）2515-0033
網　址：www.kadokawa.com.tw
劃撥帳戶：台灣角川股份有限公司
劃撥帳號：19487412
法律顧問：有澤法律事務所
製　版：巨茂科技印刷有限公司
ISBN：978-626-352-088-2